ちくま文庫

# これで古典がよくわかる

橋本治



筑摩書房

目次

第六章　人間の書いた『徒然草』　183

# これで古典がよくわかる

# まえがき

私は今までに古典の現代語訳とか、翻訳から離れた現代化ということをいくつかやってきました。これからもその仕事は続けるつもりですが、ときどき人から、「どうしてそういうことをするのですか？」と聞かれることがあります。どう答えるかは、その時と相手によって違いますが、そんな質問を受けることによってわかることが一つあります。それは、「今の人に古典は遠い」ということです。だから、じつに多くの人たちが、「なんで古典なんてものが重要なのか？」と考えています。私が古典の現代語訳をはじめたのもそのためです。「古典がどうして重要なのか？」の答は、人によって違うものですが、問題はそれ以前の、「あまりにも多くの人たちが日本の古典とは遠いところにいる」ということです。あまりにも多くの人たちが、古典とは関係ないところにいて、はじめから「関係ない」と思っています。古典はそんなものでしょうか？　古典に焦点があわないままの人たちに、「古典とはこんなものか」と思っていただきたくて、私はこの本を書きました。

一九九七年九月十五日

橋本《はしもと》　治《おさむ》

# 第一章　古典を軽視する日本人

# 1 自分の足もとを軽視する日本人

## 「枕草子《まくらのそうし》」を映画にしてしまったイギリス人監督ピーター・グリーナウエイの話

ピーター・グリーナウエイというイギリス人の映画監督がいます。かなり凝った画面の〝芸術映画〟を作る人です。日本での知名度はそんなに高くないのかもしれませんが、世界的に有名な映画監督です。この人が、日本の清少納言の『枕草子』にほれこんで、『枕草子』という映画を作ってしまいました。日本でも公開された作品ですから、ごらんの方もあるかもしれません。私は、その映画の製作準備のために日本にやって来たピーター・グリーナウエイ監督と会って、話をしたことがあります。私は、『桃尻語訳《ももじりごやく》枕草子』（河出書房新社刊）という形で『枕草子』の現代語訳をしていましたから、「映画を作るうえで、日本のいろんな人と会って話を聞いて参考にしたい」という監督と会って、いろいろな話をしたのです。その時に監督の言ったことで印象に残っているのは、「なぜ『枕草子』がすばらしいか」ということです。

『枕草子』は、今から一千年ばかり前に書かれた随筆ですが、ピーター・グリーナウエイ監督は、そのことにびっくりしているのです。「今から一千年前といえば、我が英国がほとんど〝野蛮人の国〟と同様だった時代なのに、どうしてこれだけ自由に文章を書ける女性がいたのか」ということです。『枕草子』は『PILLOW BOOK《まくらのそうし》』というタイトルで、英語に翻訳されています。それを読んで清少納言という女性の存在を知って、その奔放自在な書き方に、彼はびっくりしたのです。なにしろ彼女は、今から一千年も前の女性で、今から一千年前のヨーロッパといったら、どこだって「野蛮人の国」とそんなに変わらないような時代です——あんまりはっきり言ったらきっと怒られるでしょうが。

この当時の世界の先進地域は中国やアラビアで、ヨーロッパに「文章を書く女性」を求めるのなんか酷です。でも、そんな時代に日本の清少納言という女性は、ずいぶん奔放に自由な文章を書いています。それを読めば、どれだけ高度で進んだ文化が日本にあったかは分かります。イギリス人のピーター・グリーナウエイ監督が感動したところはそこなのです。ところが、今の日本人は、あまりそんなことを考えません。「進んだ文化」といったら、あいかわらずヨーロッパやアメリカだと思っていて、自分たちの足もとにそういうすぐれた過去があることを忘れているのです。これは、とても残念なことじゃないでしょうか？　私は、とても残念なことだと思います。

外国のことをよく知っている日本人は、日本のことをよく知らない？

日本の経済進出が盛んになって、日本が世界一の金持ち大国になってしまった時、「日本人はよくわからない」という声が外国のあちこちから起こりました。「顔の見えない日本人」とか、「金儲けだけの日本人」とか。どうして外国の人が日本のことを「わからない」というのか？　理由はいろいろあるでしょうが、私には「もしかして」と思うことがあります。それは、「外国に行って外国の人とよくつきあう日本人が、あまり日本のことを知らないから」ということです。

外国の人とつきあうのなら、外国語――とくに英語ができるという条件が必要になるでしょう。日本では、義務教育の中学段階から英語が必修になります。高校や大学の入試で、受験科目に英語がないというところは、いたって珍しい少数派でしょう。日本人は、とってもよく英語を勉強していて、町へ出れば英語の看板は氾濫しています。テレビでも新聞や雑誌でも、アメリカやヨーロッパ由来のカタカナ言葉がいっぱいです。「それだけ英語が氾濫していて、どうして日本人は英語が下手なのか」という話もありますが、でも、英語を熱心に勉強してちゃんと英語が話せるようになった日本人はいっぱいいます。英語が話せて、外国語にくわしくて、外国人とよくつきあう人たちです。でも、そういう人たちが、一転して「日本のこと」になったらどうでしょう？　日本の古典や日本の歴史や日本の伝統文化のことをきちんと理解している人たちは、どれくらいいるでしょう？　理解して知っている人たちよりも、ぜんぜん知らない人の方が、私は多いと思います。

「アメリカやヨーロッパの新しい文化こそが重要で、古い日本のことなんか昔のこと」と思いこんでいる人たちは、とても多いのです。「新しいアメリカやヨーロッパのことを知るためには、どうでもいい日本のことなんか切り捨てよう」です。それでいいと思って外国へ行った人たちが、「あなたのお国のことを教えてください」と言われて、どれくらい正確に日本のことを説明できるでしょうか？　外国に行ったり、あるいは外国に関する勉強ばかり続けて、その結果日本のことをぜんぜん知らないでいる自分に気がついた人たちは、とても多いのです。

輸出大国の日本で、社会の関心は「先進国」であるようなアメリカやヨーロッパにだけ向いています。あるいは、そこから一転した「アジア志向」とか。なんであれ、国際社会の中の経済大国日本の関心は、「外国語」を中心とする〝外〟へと向かいました。そういう日本社会の傾向を反映して、大学は「外国語重視」を言いますし、受験勉強は「英語重視」です。そういう傾向の中で、子供たちはあまり受験の中で比重の高くない「日本語」や「日本史」や「日本文化に関する常識」というものを、あっさりと欠落させています。どこの国の人だって、「自分たちの国の文化」というものをちゃんと学習しているのに、日本人は平気でそれを欠落させています。「自分の国のことを平気でわからないで、自分の国の文化のことをちゃんと説明できなくて、でも英語だけはちゃんと話せる」ということになったら、ずいぶんへんでしょう。

「オリジナリティー」という言葉があります。「自分の出てきたところ＝オリジン」に由来するものです。「オリジナリティー」とは、「自分が本来持っているはずの独自性」なのです。日本人が、自分の足もとにある日本の歴史や文化や古典を軽視したらどうなるでしょう？　自分が生まれてきたところをなんにも知らないままでいる日本人に、

「国際社会の中でのオリジナリティー」はないのです。「顔の見えない日本人」という悪口は、こういうところに由来しているのではないかと思います。

日本語教育が軽視されている？

日本の学校には、日本語を教える「国語」という授業が、ちゃんと小学校の時からあります。その「国語」は、やがて「現代国語」と「古典」にわかれて、「古典」の方は「わかりにくい」と言われて生徒に嫌われてしまう——そういう傾向があります。生徒たちは、「古典はむずかしくてわからない」と言います。でも、そんな生徒たちに、「現代国語」の方は「よくわかる」んでしょうか？

現代国語の教科書に載っている文章は、古典のように「なにが書いてあるかわからない」という文章ではありません。読めばわかります。そしてそうなれば、生徒たちは、「読んでわかるようなものをなんで勉強させられる？」と思います。昔の私がそうでした。「読んでわかるようなものをなんで勉強しなきゃいけないんだ？」と思った子供たちは、そんなものを真剣になって勉強しようなんて思わなくなります。現代国語の勉強で重要なことは、「現代国語の試験問題を解けるようになること」というだけで、それ以外の国語の勉強は、「なんだかよくわからないもの」です。私は、あいかわらず日本の国語教育はそんなもんだと思います。

子供たちは、「読んでわかる日本語」になんかあまり関心を持たなくなります。それで、そんな子供たちの関心をつなぎとめようとして、教科書を作る人たちは、「よりわかりやすい、より身近な日本語で書かれた文章」を教科書に採用しようとします。私も、自分の書いた文章を、教科書や試験問題として何度か採用されたことがあります。教科書の場合は、「あなたの書いたこういう文章を教科書に載せてもいいでしょうか?」という、許可を求める手紙が来ます。私は「はい、どうぞ」でかんたんに許可してしまいますが、その教科書に載せられる予定の自分の文章を見て首をひねります。「なんでこんなどうでもいいような文章を教科書に載せるんだろう?」と思うことばかりだからです。

国語の試験問題として使われる時は、事の性質上「事後承諾」ということになったり、「無断借用」になります。予備校の模擬テストに出るような場合は、ほとんど「無断借用」ですが、私の知る限り、試験問題に使われる私の文章は、とんでもなく難解なものばかりです。自分で「とんでもなく難解」などと言うのもバカげていますが、教科書に採用される文章との比較で考えると、どうしてもそうなります。「あんなどうでもいいような文章を読んで勉強した人間が、試験の時はこんなむずかしい文章を読まされるのか?」と思います。「入る時はむずかしいが、入った後はかんたん」という、日本の学校教育のいびつさがこんなところにもあらわれていると思いますが、一体なんだってこんなところで、古典とは関係のない「現代国語」の話をしているのでしょうか?

それは、「古典というものが日本語の骨格をなすような言葉で、それを無視してしまったら日本語はおかしくなる」ということを言いたいからです。古典の話をする前に、ちょっとだけ「現代の日本語の話」につきあってください。

## 2　すこし日本語の勉強をしましょう

「わかりやすい」だけの日本語教育には、欠点がある

現代の日本語教育は、「文章を読む」ということと、「わかりやすい文章を書く」ということに、あまりにも偏りすぎていると、私は思います。

日本は、文書の国です。役所でも会社でも、「書類の不備」を理由に突っかえされてしまうことがいくらでもあります。昔の日本人にとって、教育とは、「ちゃんとした文章を書けるようになること」でした。国語の授業が「文章を読む」に偏っているのは、「ちゃんとした文章を書くためには、その参考になる文章を知っていなければならない」ということがあるからでしょう。そして、文章というのは、昔は「むずかしいもの」と相場が決まっていました。「むずかしくなけりゃ文章じゃない」というへんな考え方が生まれて、その偏向は、第二次世界大戦以後の「民主化」の風潮の中ですこし見直され

ました。見直されたのはいいのですが、極端から極端に走るという日本人の悪いくせがあらわれて、そのうちに、「文章というものはわかりやすいものほどいい」になってしまいました。その結果、今の現代国語の教科書は、「わかりやすい文章を書くためにわかりやすい文章を読む」のオンパレードです。「わかりにくい文章」より「わかりやすい文章」がいいのはもちろんです。でも、そうなったとき問題になるのは、その文章を書いたり読んだりする、人間の〝中身〟なのです。

人間というのは、そんなに単純なものじゃありません。けっこう複雑なものです。その複雑な中身を持った人間が自分のことを書くんだとしたら、そうそういつも「わかりやすくかんたんに」というわけにはいきません。複雑で、そんなにわかりやすくもない内容を書くんだったら、文章の方だってそれに合わせて、「複雑でわかりやすくない文章」になります。「わかりやすいもの」の方がいいにはきまっていますが、そうそうなんでもわかりやすくすることなんてできないのです。

「かんたんな内容」を、「わかりにくく複雑で持って回った文章」にされたら困るでしょう。その代表的なのが、国会で政治家が読み上げる文章です。政治家たちは、話しているつもりで、じつは文章を読み上げているだけなのですが、あんなものはもっとわかりやすい表現にしてもらわないと困ります。「わかりにくいだけで中身がない」では困るのです。十年ほど前の日本には、「言語明晰、意味不明瞭」と言われた総理大臣がいましたが、最悪の日本語とは、そういうものです。

ところで、一番むずかしいのはなにかというと、「複雑な内容を持ったものをわかりやすく書く」ということです。これほどむずかしいことはありません。内容がわかりにくいものなら、その内容に引きずられて、文章の方だってわかりにくくなってしまいます。そこを引きずられずに、「ウーン」とうなりながら、他人のために表現をわかりやすくする——文章を書くうえで一番むずかしいことはこれです。「複雑なことをかんたんにわかりやすく書く」というのは、文章を書くうえでの高等テクニックですが、「それができるようになるにはどうすればいいのか？」ということの答は一つです。「〝むずかしい内容〟をこわがらず、〝むずかしい内容を持った文章〟に慣れる」——これだけです。

「消化のいいものばかり食べていたら、顎や歯や消化器の発達が遅れて、人間として問題の多い体になる」というのと同じです。古典をふくむ「むずかしい日本語」を国語教育の中から排除して、国語の授業がただ「わかりやすい」を中心にするだけだと、困ったことになるのです。

本を読まないとおしゃべりになる？

日本に生まれて日本に育った日本人にとって、日本語をしゃべるのは当たり前のことです。読むことだって書くことだって、そうそうむずかしいことじゃありません。ある程度の漢字を知ってしまえば、「もう自分はこれ以上の日本語を習う必要なんかない」と思ってしまいます。「わかりやすい」だけの国語教育は、こういう人間たちに、平気で「もう知っているからいい」と言わせてしまうのですね。

もう一つ、「今の人たちはあまり本を読まない」ということがあります。本を読まないからといって、そういう人たちが言葉を失って黙っているということはありません。しゃべりまくるテレビの影響もあって、本を読まない人たちは、逆におしゃべりになります。おしゃべりを当たり前にするようになってしまった人たちにとって、本に書いてある文章を読むというのは、かなりまだるっこしい行為なのです。

「本を読む」というのは、「黙って本を読む」です。その間はおしゃべりを禁止されます。しかも、本を読みなれない人にとって、本を読むというのは、かなり時間がかかるものです。読んで、そのことを自分の頭で理解できるようになるまでにはかなりの時間がかかって、それがめんどくさい。だから、「そんなの口で言えよ！」という文句になってしまうのですが。ところでしかし、どうしてそういうことが起こるのかと言えば、それは、国語の時間に「話し言葉の勉強」をしないからです。

## 成長する人間に「話し方の勉強」は必要だ

「日本語の乱れ」はよく言われます。この「日本語の乱れ」は、ほとんど「話し言葉の乱れ」です。ひどい日本語を使う人たちは、まず文章なんて書きません。「文章を書け」と言われたら、とても窮屈にかしこまってしまうのが常です。「文章なんか書きたくないし、文章なんか関係ない」と思っている若い人たちが、自分たちの好き勝手にしゃべる言葉をそのまんま文章にしたら、おそらくはとんでもないものになりますが、なんでそうなるのかと言ったら、国語の時間に「日本語の話し方」を勉強しないからです。日本語の教育は「読む」と「書く」だけで、「話し方」なんてものはありません。「基本になる話し方」を知らないんですから、話し言葉がいくら乱れたって不思議はありません。

体に障害がなければ、「読み書きはできるけれども話すことはできない」ということは起こりません。人間の最初は「話す」です。ちゃんと話すことができていたら、その内容をちゃんと書くことだってできます。話はかんたんです。日本の国語教育が「読み書き専門」になっているのは、この前提を踏まえているからです。小学校に入ってくる子供は、誰だって「しゃべる」ということはできるのですから。ところが、人間というものは、途中で何度も成長して、変わるのです。いつまでも同じではありません。「昨日までのこと」に、「今日」はもうあきている。人間は、いろんなことを経験して、複雑なことになれていく。だから、おしゃべりだった子供も、いつの間にか寡黙になるし、黙ってばかりいた子も、いつの間にかおしゃべりになっていることがあります。この変化はなんで起こるのでしょう？　それは、「話し方」に関係しているんですね。

おしゃべりだった子供がしゃべらなくなるのは、彼や彼女が〝複雑な内容〟を抱えてしまったからです。「しゃべりたくないわけじゃないけど、どうしゃべったらいいかわからない」――それで寡黙になる。おとなしかった子供がいつの間にかおしゃべりになるのは、その逆で、おとなしくしているうちに、「どうしゃべればいいか」という方法をマスターしてしまったからです。成長する人間にとって、「話し方」の勉強だって、やっぱりその時その時で必要なんです。

「現代のおしゃべり」と「古典」というのは、全然関係ないと思っている人は多いと思います。ところが、そうではないのです。「おしゃべり」とか「話し言葉」なんかとはまったく関係なくて無縁だと思われてる「昔の古典」が、じつは、「現代の言葉」と大きな関係を持っているのです。そういうことを忘れてしまっているから、話し言葉の混乱だって起こる。そんなことだってあるのです。

# 第二章　日本という国にはいろいろな古典がある

## 1　外国語で日本語をやるしかなかった奈良時代

どうして日本にはいろいろな古典があるのか

やっと「古典の話」になりました。

「古典」というと、気楽な「おしゃべり」とは関係ない「むずかしいもの」と思ってしまう人は多いでしょう。それは別に否定しません。なにしろ古典の日本語は、「昔の日本語」だからです。しかも、日本の古典にはいろいろな種類があります。「漢字だけの古典」もありますし、「漢字が一つもなくてひらがなだけの古典」だってあります。「漢字だけ」だったら読めないでしょうし、「ひらがなだけ」だったら「かんたんだ」と思うかもしれませんが、まァ、それは一口には言えないことです。

日本には、「外国に侵略されて自分たちの言葉を奪われた歴史」なんていうものはありません。お隣の韓国・朝鮮では、そういうことが起こりました（あちらの国の言葉を奪った悪者は日本人です)。そういう不幸に見舞われなかった日本で、日本語というものは、まァ〝一つ〟です。その〝一つの日本語〟が、どうしてそんなにも〝いろんな種類の古典〟を生んでしまうのか? そういう〝謎〟だってあります。それはなぜか? その答の根本は、「日本人がそのはじめに自分で文字というものを作らなかった」ということにあるんだと、私なんかは思います。

外国語がそのまま日本語になっていた「日本書紀《にほんしょき》」

その昔の日本人は、「文字」というものを持っていませんでした。漢字という文字が朝鮮経由で日本に入ってきて、日本人はその文字を使うようになりました。そうなった時の文字の使い方は二つです。「漢字だけで書かれた文章に合わせて日本語を使う」か、「自分たちの言葉に合わせて、漢字を好き勝手に使う」かのどっちかです。

前者は、「漢文」というものになりました。「漢文」は、「日本人の使う日本語に合わせて作り変えられた、中国製の日本語」です。「毛沢東」を「もうたくとう」と読むのは、日本人だけです。「マォツァオトン」と読まなければ、中国では通用しません。漢文というのも、それと同じなのです。

漢字だけで書かれた文章を、日本人はいつの間にか「日本流の読み方」に変えていました。たとえば、《吾十有五而志乎学》と書いてある文章を、日本人は言葉の順序を変えたり文字をすっとばしたりして、《吾十有五而学志——吾《われ》十有五《じゅうゆうご》ニ而《し》テ学《がく》ニ志《こころざ》ス》と読みます。孔子《こうし》の『論語《ろんご》』ですが、これは外国語です。《吾十有五而志乎学》のままでは、日本語になりません。《吾十有五而学志》と置き換えて、読む時にかなの文字を補わないと、この外国語の文章は、《私は十五歳の時、勉強しようと決心した》という日本語にはならないのですね。文字というものを持たず、文章といったら「中国語の文章」しか知らなかった日本人は、その中国語を、日本語として読もうとしたのです。

《古天地未剖》は、「日本で最初に書かれた歴史書」である『日本書紀』の冒頭で、《古《いにしえ》ニ天地《てんち》未《いま》ダ剖《わか》レズ》と読みます。『日本書紀』は漢文だけで書かれた本ですが、文章といえば「中国製の文章」しか知らなかった日本人は、まず最初の奈良時代まで、そういう外国語で文章を書くしかなかったのです。

『万葉集《まんようしゅう》』を漢字だけで書くと――

一方、同じ時代には、「自分たちの言葉に合わせて、漢字を好き勝手に使う」という方法も登場します。漢字をかな文字のかわりに使う「万葉がな」です。《茜草指武良前野逝標野行野守者不見哉君之袖布流》は、《茜草指《あかねさす》武《む》良《ら》前野《さきの》逝標野《ゆきしめの》行野《ゆきの》守者《もりは》不見《みず》哉《や》君之《きみが》袖布《そでふ》流《る》》と読みます。「輝くような紫草の生えている野原（紫野《むらさきの》）、立ち入り禁止の御用地（標野《しめの》）で、管理人（野守《のもり》）は見てないでしょうけど、どうしてあなたはそんなに袖をふるの？――恥ずかしいじゃないの」という、男にナンパされかかった女の歌です。『万葉集』にある歌で、作者は額田王《ぬかたのおおきみ》という女性。もちろん『万葉集』は、「日本で最初の和歌集」です。

　なにしろ、文字といったら漢字しかない時代です。ひらがなもカタカナもなくて、それで日本語をなんとかして書こうとしたんですから、とんでもない〝工夫〟がいります。「あかねさす」は、「太陽」や「むらさき」にかかる枕詞《まくらことば》で、これを昔の人は「茜草《あかね》を指《さ》す」と書いています。「あかね」は、「赤根」で、赤い根っこで染めた色のことです。

ちょっと黄色みがかった赤ですが、その色を作る「赤い根っこ」を持つ植物のことを、昔の人は「赤根草＝茜草」と言いました。中国からきた「茜《せん》」と発音する文字が同じ植物をさす文字だということを知って、昔の人は「茜《せん》」を「あかね」と読みました。

でも、「あかねさす」が「太陽」の枕詞になったら、もう植物の「茜」とは関係がありません。「あかねさす」という枕詞の意味は、そもそも「茜色の光がさす」ではないかと思うのですが、そうなったら「茜刺す」とか「茜差す」とか「茜射す」という文字をあてればいいんです。ところが昔の人は、そこに「茜草《あかね》」の二文字をあててしまいました。そして、そこに植物の名をあらわす文字をあててしまったから、その植物をうっかりと指でさしてしまったんですね。だから《茜草指《あかねさす》》と書いたのです。

《茜草を指でさす》と書いてあるから、なんだか意味があるように見えますが、これは枕詞ですから、訳しません。この歌の舞台は、「茜草の咲いている野原」ではなくて、「紫草の咲いている野原＝紫野」だからです。でも、そういう意味のない《茜草指》は、なんだか濃厚に意味を持っているように見えます。それは、漢字というものが、形によって意味をあらわす「象形文字」だからですが、「万葉がな」という使い方をしてしまった日本人は、漢字から「意味」をはぎとって、「音」だけを使ったのです。

「あかねさす」は、「太陽」や「むらさき」にかかる枕詞ですが、その「むらさき」は、「武《む》＋良《ら》＋前《さき》」と書きます。「漢字の音だけを使った万葉がな」というと、「一文字＝一音」だと思うかもしれませんが、そうじゃありません。「前」を、「ぜん」ではなくて「さき」と読んで使っています。「武」と「良」は音読み、「前」は訓読みで、一つの単語の中に二つの読みがまじっているのです。「茜《せん》」という文字を「茜《あかね》」と読んだ日本人は、漢字本来の発音である「音読み」と、日本語にあてはめた「訓読み」の両方を使いわけたのですね。そもそもが日本語の文字ではない漢字を使うんですから、これで日本語を書くのにはかなりの工夫が必要だったのです。

「不見」は、ふつうだったら「ふけん」としか読めないところですが、ここの部分の読み方は、漢文の読み方です。「不見」は「不レ見」で、返り点を使って「見不《みず》」と引っくり返して読むのです。「漢字で日本語を書く」ということをしなければならなかった昔の日本人は、こんな工夫もしているのです。

## 漢字だけの『古事記』は読み方がわからない

『日本書紀』と同じ頃に作られた、もう一つの「日本最初の歴史書」である『古事記』の冒頭は、こうです――。

《天地初発之時、於高天原成神名、天之御中主神》

これをどう読むか？　正解は、まァ、ありません。ある人は、《天地《てんち》初発之《しよはつの》時《とき》、高天《たかまが》原《はら》に成《な》れる神《かみ》の名《な》は、天之《あめの》御《み》中主《なかぬし》の神《かみ》》と読みます。別のある人は、《天地《あめつち》初《はじ》めて発《ひら》けし時《とき》、高天《たかま》の原《はら》に成《な》れる神《かみ》の名《な》は、天之《あめの》御《み》中主神《なかぬしのかみ》》と読みますし、また別のある人は、《天地《てんち》初《はじ》めて発《おこ》りし時《とき》、高天《たかあま》の原《はら》に成《な》りませる神《かみ》の名《な》は、天之《あめの》御《み》中主《なかぬし》の神《かみ》》と読みます。一致しているのは、《天之御中主神》の読み方だけです。神様が住むという「高天原」だって、「たかまがはら」と「たかまのはら」と「たかあまのはら」とバラバラです。

昔の人が《天地初発之時――》と書いたことだけは、（たぶん）間違いがないんですが、でも、これをどう読むのかはわからないんです。なにしろ、「読み方」を教えるためのかな文字がないんですから、しかたがありません。昔の人たちは、「自分たちがしゃべっている日本語を、なんとかして文字にしよう」と考えて文字にはしたけれども、テープレコーダーがない昔なんですから、そうやって書かれた文字が、今度は「どう読むのか?」とわからなくなっちゃった。大筋ではわかっても、こまかいところになると、読む人(専門家です)の解釈や研究によって違っちゃうんですね。

そうなったらどうするか? 「そんなむずかしいもの、わかるはずがない」と言って投げ出してしまうテもありますが、「そうか、専門家でもいろいろなんだから、てきとうに読んじゃってもいいのか?」と思ってしまうテもあります。私は、上中下にわかれている『古事記』の上巻だけ(神代の巻ですが)を、「少年少女古典文学館」というシリーズの一冊として現代語に訳しましたが(講談社刊)、その時の私の〝態度〟がどういうものだったかは、ご想像におまかせします。

「それをどう読むのか?」がわからないのは、しかたがないでしょう。なにしろ、「日本語の文字」じゃない漢字をかな文字のかわりに使ったんです。漢字しか持たない日本人は、そうやって「漢字だけの日本語の文章」を書いていました。しかしそれだと不便なので、いつの間にか日本人は、「自分たちだけの文字」を作るようになる——それが「ひらがな」と「カタカナ」なんです。

## 2 「ひらがな」と「カタカナ」

どうして日本人は、「ひらがな」と「カタカナ」の二種類を作ったか

日本独自の文字である「ひらがな」は、漢字の「万葉がな」をくずして書くうちに生まれました。「カタカナ」は、読みにくい漢文を読むための記号として、漢字の一部だけを使うということをしているうちに生まれました。ひらがなの《に》は、漢字の《仁》をくずして生まれて、カタカナの《ニ》は、漢字の《仁》の右半分です。

それでは、「ひらがな」と「カタカナ」はどう違うのか？　漢字から生まれた日本製のかな文字がどうして二種類もあるのかというと、それはこの二つがそれぞれに違う目的を持って生まれたからです。

「ひらがな」は、「かな文学」と言われるようなもの――「和歌」や「物語」を書くために生まれました。万葉がなを使って和歌を書いているうちに、「ごつごつした漢字ば

っかりじゃうっとうしい」という気になってきたんでしょうね。使われる漢字だって、「どの音にどの漢字をあてるか」がだいたい決まってきて、その字をくずしているうちに「ひらがな」は生まれたんです。

一方、「カタカナ」の方は違います。「カタカナ」は、「これだけじゃどうにもならない」と読む人にためいきをつかせる、漢字だらけの漢文を勉強しなきゃならない、大昔の学生たちが考えだした〝記号〟なんです。

《吾十有五而志乎学》だけじゃわからない。《吾十有五而学志》と文字を並べ変えるために、「レ」とか「一二」という記号——「返り点」をつける必要があります。そして、それだけじゃたりない。《吾十有五ニ而テ学ニ志ス》と、文字を補わなければならない。漢字だけの文章の横に、「ニ」とか「テ」とかの文字を書きこんで、読めない漢文を読みやすくしたのです。漢字だらけのところに書きこむ文字も漢字だったら、わかりにくくなるし読みにくい。それで、漢字の一部だけを取って記号のように使ったのが、「カタカナ」のはじまりなんです。

今の学生が、英語の教科書にカタカナで英語の発音とか意味を書きこんでしまうのと同じでしょうね。昔から学生というものは、そういう手抜きの方法を考えだすものなんです。「漢字の一部を記号がわりに使って漢文を読む」なんていうイージー方法を学生たちが発明したとき、大昔のえらい先生は、「今の学生はいいかげんな勉強をする！」と怒ったかもしれません。

昔の人は、カタカナでカンニングをしていた

英語の発音がわからなくて、その発音をカタカナで書きこむ人間は、多く鉛筆かシャープーペンを使います。いざとなったら消せるようにです。「なんだおまえ、そんなの読めないのか？」と、人に言われたら恥ずかしいじゃないですか。その昔、漢文の教科書にカタカナを書きこんだ人間も同じです。墨でチョコチョコっとカタカナを書きこんだ人間もいましたが、だいたいは、「書けない鉛筆」のようなものを使って書きました。竹のような固いものの先をとがらせて、それで紙の上をこするようにして、補助のカタカナを書くのです。字の跡だけが残って、本の上には漢字しか見えません。そういうものをすかして見ると、カタカナの跡が浮かび上がります。大昔の日本人は、そういうカンニングのような手法を使って、漢字だらけのむずかしい文章を読んだのです。

こういう〝裏〟を知らないと、「昔の人はえらかった」だけになってしまいます。実は、この「書けない鉛筆による見えない文字」の存在はなかなか発見できなくて、「昔の人はえらいから、むずかしい漢文をスラスラ読んでいた」と信じられていました。奈良の正倉院には、この漢文を読むための「書けない鉛筆」がちゃんと残されているのですが、その使い方をあまり深く考えなかったんですね。「人間は昔からミエっぱりで、昔から平気でカンニングをしていた」ということを知ると、ちょっと楽になるでしょう。

昔から漢文は、読みにくくてめんどくさいものだったのです。今でも英語やフランス語やイタリア語というような外国語を日本語に持ちこむ時は、カタカナを使います。「読みにくい外国語を読む時にはカタカナを使う」というのは、奈良時代以来の日本人の伝統で、「今の日本語はやたらカタカナばっかりだ」というのも、実は大昔からの伝統なのかもしれません。

## 3 「漢字だけの文章」と「ひらがなだけの文章」が対立していた平安時代

「源氏物語」が「ひらがなだけ」になったら――

ひらがなやカタカナが生まれて、やっと日本は平安時代になります。平安時代になると、日本語の種類がもう一つ増えます。「漢字だけの文章」しかなかったところに、もう一つ、「漢字が一つもない文章」が登場するからです。「万葉がな」から「ひらがな」が生まれて、「漢字だけの万葉がなで書かれた文章」が「ひらがなだけの文章」になります。同じ「かな文字」でも、「カタカナ」は漢文を読む時の補助として使うものですから、「カタカナだけの文章」はなくて、「ひらがなだけの文章」が生まれるのです。

「ひらがなだけの文章」を今そのまま読むとわかりにくいので、これを活字にする時には、ところどころを漢字に置きかえていますが、昔は『源氏物語』だって『枕草子』だって、ほとんど漢字を使わない「ひらがなだけの文章」でした。

《いづれのおほむときにかにようごかうぃあまたさぶらひたまひけるなかにいとやむごとなききはにはあらぬがすぐれてときめきたまふありけり》――これじゃなんだかわかりませんが、ひらがなだけで『源氏物語』を書くとこうなります。

漢字抜きです。「、」や「。」の句読点も、本来は漢文を読むためのものですから、かなの物語にはありません。「女御（にょうご）」の「ょ」という書き方もありませんから、これは「にようご」です。濁点だってふつうはありません。「さァ、読みなさい」と言われたって、こんなものは読めないでしょう？ 「右の文章に漢字をあてはめて、読めるような文章に直しなさい」は、もう大学の入試問題でしょうね。ちなみに、漢字をあてて句読点をつけると、こうなります――。

《いづれの御時にか、女御更衣あまたさぶらひたまひける中に、いとやむごとなき際にはあらぬが、すぐれて時めきたまふありけり――どの帝の御代だったか、女御や更衣が大勢お仕えになっている中に、最上級の身分というわけではないけれども、とりわけご寵愛の深い方がおりました》

ひらがなだけの文章はとても読みにくい

全部漢字の「万葉がな」で書かれていた『万葉集』の和歌は、とても読みにくいものでした。その「万葉がな」が「ひらがな」に変われば、読みにくい『万葉集』だって、とてもわかりやすくなるはずです。しかし、そうでしょうか？　先ほどの額田王《ぬかたのおおきみ》の歌を「ひらがな」に直すと、こうなります。

《あかねさすむらさきのゆきしめのゆきのもりはみすやきみかそてふる》

この歌の意味はもうご承知のはずですが、その「わかるもの」が「わかりやすいひらがなだけ」になったとたんにわかりにくくなります。そうでしょう？　でも、平安時代の人たちは、和歌というものをこんな形で見ていたんですね。この「わかりにくいひらがなだけ」を、今の古典の本にのっている〝一般的な形〟にしてみましょう。漢字をあてて、上の句と下の句に分けるのです。するとこうなります——。

《あかねさす紫野行き標野行き
野守は見ずや君が袖振る》

やっとわかるようになりました。「ひらがなだけの文章はわかりやすい」なんていうことは、まったくありません。読みやすい日本語の文章とは、「てきとうに漢字が入っていて、句読点がある文章」です。そうじゃなかったら、どこでどのように文章を区切っていいのかがわからないからです。

今の日本語は、そういう工夫をして、ちゃんとわかるようになっています。でも、昔の人はそれをしなかったんです。「漢字だけじゃ不便だ」というんでひらがなやカタカナを発明していたにもかかわらず、昔の人は「かなと漢字は別」という原則を立てて、それを崩そうとはしませんでした。だから、わかりやすいはずのひらがなが生まれたって、日本語はいっこうにわかりやすくなりませんでした。

どうしてそういうことになるのでしょう?

漢字だらけの文章は、ひらがなを差別する

日本に漢字という文字が入ってきた時から、日本の公式文書は全部漢文です。ひらがなやカタカナが生まれたって、そういうものを公式文書に採用してくれるほど、日本の役所は甘くありません。だから、「漢字は漢字、かなはかな」という別々状態が生まれていたんですね。

官庁の役人が特殊な言葉を使う——これはもう大昔からの伝統です。今では、官庁の発行するものや役人の言葉からは漢字がかなり追放されていますが、そのかわり、今度はやたらとカタカナ言葉が氾濫しています。「ミニマムなんとかかんとか」とか、「ジェネラルうんたらかんたら」とか、「ナチュラルなんとか」という類の言葉です。「公式文書には日本語化された外国語を使う」というのが日本の悪しき伝統です。きっと、「なんとかコンセンサス」というような言葉を平気で使う人たちは、そんな「自分たちの歴史」なんてもんを知らないでしょうが。

漢字というのは、公式文書を書くための文字で、男だけが使うものでした。漢字は「男だけが使うもの」で、「漢字の本を読む女なんて気持ちが悪い」という常識が支配していたのが、平安時代です。「むずかしいものは全部漢字、かんたんなものは全部ひらがな」という両極端が、その頃でした。現代で言えば、「文章というものはすべて英語、マンガのふきだしだけが日本語」という、そんな極端さです。「漢字は男のもの、ひらがなは女のもの」という、厳然とした区別がありました。公式文書にひらがなやカタカナを書いたらバカだと思われましたし、女が漢字の本を読んでいたら、「あんなことしてたら結婚できなくなる」と言われました。清少納言も紫式部も、「女は、〝一という漢字さえ知りません〟という顔をしていなければならない」という風潮にそろって反発していますが、極端なことを言えば、漢数字の「一、二、三」だって、女なら「いち、に、さん」と書かなきゃいけないような状況があったのです。

## 4　男の文章と女の文章

紀貫之《きのつらゆき》は、わざわざ〝女〟になって『土佐日記』を書いた

紀貫之の書いた『土佐日記』は、《をとこもすなる日記といふものををむなもしてみむとてするなり》で始まります。

「日記」以外の文字はみんなひらがなです。漢字をあてはめれば、《男もすなる日記といふものを女もしてみむとてするなり》です。「男も書くという日記を、女も書いてみようと思って書きます」という意味です。

『土佐日記』は、そういう「女の書いた日記」なんですが、作者の紀貫之は、もちろん男です。なんだって、わざわざ男が〝女〟のふりをして日記を書いたんでしょう？　紀貫之は、『古今和歌集』の選者《せんじゃ》でもあるような平安時代の有名な歌人ですが、この『土佐日記』を書いた時にはかなりの年でした。七十代か、もしかしたら八十歳くらいにな

っていたかもしれません。なんでそんな年で〝女〟になったんでしょう？　年とって変態になったんでしょうか？　まさか。

## 平安時代の男は「漢字だけの文章」しか書けなかった

平安時代に、「日記」というものは、男が書きました。「日記」を書く文体は、漢文にきまっていました。女が漢字の本を読んでいるだけでへんな顔をされる平安時代なんですから、これはとても女の書くようなものではありません。だから、「男もすなる（男もするらしい）」です。この時代は男女の区別がはっきりしていて、「女が漢字を読めたらヘン」なんですから、女が男のしていることに詳しかったら、これもやっぱりヘンでしょう。それだから、紀貫之が〝女〟になって書いた『土佐日記』は、「男がする」ではなくて、「男もするらしい」という婉曲《えんきょく》表現で始まるのでしょう。「男もすなる」の「なる」は、推量の意味です。

当時の「日記」は「男の書くもの」で、女が書くものではありませんでした。ところがそれを、紀貫之はわざわざ〝女〟になって書いてみたんです。どうしてでしょう？

私は、紀貫之が「有名な歌人」だったからだと思います。

和歌というものは、ひらがなで書きます。「男とは漢字の文章を書くもの」という常識の支配していた時代に、この紀貫之は、男のくせに「ひらがなを扱う名人」だったのです。だから、紀貫之は「ひらがなの文章」を書いたのです。

「漢字の文章を書くのは男だけ」という常識の支配している時代に、「ひらがなの文章」は「女しか書かないもの」です。「ひらがな使いの名人」が、自分のその特技を生かして文章を書くとなると、〝女〟になって書くしかなかった――平安時代というのは、そんな不便な時代でもあったのですね。

紀貫之は「女流文学の時代」の先駆者

当時の公式文書はみんな漢文で、社会人である男にとって、「漢文を書く」というのは、必須常識でした。逆に言えば、「男は漢文以外の文章を書けなかった」ということです。「日記」というのは、そういう男が書くんですから、文章はもちろん「漢文」で、内容だって、「自分のこと」ではありません。「世の中のこと」や「政界メモ」みたいなものです。今でも、政治家の日記が時々「政界秘話」という形で出版されますが、漢文で書かれた平安貴族の日記も、そういう種類のものだったのです。『土佐日記』は、一人の女性が土佐（高知県）から京都まで旅行する間の記録ですが、当時にはそんな「日記」なんかなかったのです。

紀貫之は、そういう、当時としてはいたって変わった内容の「日記」を、わざわざ〝女〟になって書きました。歌人であった紀貫之は、同時に〝中央政府の役人〟でした。役人の彼は、実際に地方長官として土佐へ行ったんです。そういう経験のあった彼は、自分の経験したことを、「女の書くひらがなの日記」という形で書いたんです。「日記」というよりは、「日記の形をした小説《フィクション》」と言うべきものでしょうけれどもね。紀貫之が書いたのは、そういう種類のものでした。

ところで、平安時代は「女流文学の時代」です。この時代には、右大将道綱《みちつな》の母による『蜻蛉《かげろう》日記』や、『和泉式部日記』『紫式部日記』、菅原孝標《すがわらのたかすえ》の女《むすめ》による『更級《さらしな》日記』といったぐあいに、女たちの日記文学の名作がいっぱいあります。清少納言の書いた『枕草子』だって、「ひらがなの文章」です。だから、うっかりするとカン違いをしてしまいます――「紀貫之は、そういう女流文学の真似をしようと思って『土佐日記』を書いたのではないか」と。でもそれは間違いです。紀貫之は、そういう女性達よりも前の時代に生きていた人だからです。時代順からいって、紀貫之の方が先です。事実は、「紀貫之の『土佐日記』があったからこそ、後の時代の女性たちは自由にひらがなの文章を書くことができた」なのです。紀貫之が『土佐日記』を書かなかったら、後の女流文学は生まれなかったのかもしれないのです。

## 5 「ひらがな」の持つ意味

### 国家が認めた最初のひらがな――『古今和歌集《こきんわかしゅう》』

有名な歌人である紀貫之は、『古今和歌集』の序文を「ひらがな」で書きました。『古今和歌集』は、日本で最初の「勅選《ちょくせん》和歌集」――つまり「国家が作った和歌集」です。

この時代は、「公式文書は漢文じゃなくちゃだめ」の時代でした。そして、日本生まれの和歌は、「ひらがなで書くもの」です。日本には、『古今和歌集』以前にちゃんと『万葉集』という和歌集がありますが、これは「国家が作った和歌集」ではありません。「外国（＝中国）のものならOKだけど、日本のものはだめ」という慣習があったから、奈良時代の『万葉集』は、まだ「勅選和歌集」ではなかったんです。それが平安時代になって、「和歌というのはいいもので、文化的にも重要なものだ」という風潮が生まれました。それで、『古今和歌集』という「ひらがなの本」が、国家によって作られました。

「勅選和歌集」は、「国家事業として作られた本」ですから、ここに序文がつくなら、当然この序文は「漢文」です。だから、『古今和歌集』には、「漢文の序文」だってちゃんとついています。しかし、和歌というものは「ひらがなで書くもの」です。「公式文書は漢文で」はいいけれども、「〝ひらがなの本に漢文の序文〟というのは、あまりにもとってつけたようでおかしかろう」というので、『古今和歌集』には「ひらがなの序文」というものもついてしまったのです。紀貫之は、その「ひらがなの序文」を書いたのです。

「ひらがなの文章を書くためなら〝女〟にでもなる」という紀貫之は、その『土佐日記』以前に、「国家が認めたひらがなの文章」である『古今和歌集』の序文を書いていたのですね。

日本人の「心」は、ひらがなが表現した

紀貫之の書いた「ひらがなの序文」の書き出しは、こういうものです――。

《やまうたはひとのこゝろをたねとしてよろづのことのはとぞなれりける。よのなかにある人ことわざしげきものなれば心におもふことを見るものきくものにつけていひいだせるなり》

この序文はもっと長く続きますが、ここまでで彼が言っていることは、あきらかです。この、漢字が三つしかない読みにくい文章の中で、彼はこう言っているのです――。

「和歌というものは、人の心の中にある感情を核として生まれた言葉によってできているものだ。世の中に生きている人間にはいろんなことが起きて忙しいけれども、その忙しさが人間に働きかけて、いろんな感情を生む。その感情があるからこそ、人間は、なにかを見たり聞いたりするにつけて、自分の感情を形にした歌を詠むのだ」

これは、「和歌の発生」を語る文章ですけれども、同時に、「人間の感情の発生」を語る文章でもあるんですね。そして、日本人にとって、その感情をもっともよく表現する道具は、外国語である漢字の漢文や漢詩ではなくて、日本製の「ひらがな」だったということです。それだからこそ、紀貫之は和歌を詠みましたし、「ひらがなの文章」も書きたかったんです。

さいわい、彼には土佐から京都まで旅行してきた経験があります。「そのことを、重々しくそっけない漢文ではなくて、もっと柔軟な〝ひらがなの文章〟で書いてみたい」――そう思うのは当然でしょう。だから、紀貫之は〝女〟になって『土佐日記』を書きました。「さいわい自分はもういい年だ。べつに〝女〟のふりをして文章を書いてみたって、人は笑うまい。かえって逆に、〝こういう柔軟な感性の文章もあるのか〟と感心してくれるだろう」――紀貫之は、きっとこの程度のことは考えていたでしょう。

私は、そのように思います。

# 6 「古典の中の古典」が、日本の古典をわかりにくくしている

## 「古典の中の古典」とは

日本のいろいろある古典の中で、「漢字だけの漢文によるもの」と、「漢字だけの万葉がなによるもの」と、「ひらがなだけのもの」の三種類を、ここまででご紹介しました。もちろん「日本の古典」には、まだまだいろいろな種類がありますが、その紹介は後の章にゆずります。というのは、「この先の古典」は、「ここまでの古典」の発展したものだからです。

この章でご紹介した古典は、言ってみれば、「古典の中の古典」で、「古典的な古典」です。『日本書紀』『古事記』『万葉集』『源氏物語』『土佐日記』『古今和歌集』――どれも、堂々たる「古典の王者」です。そういうすごいものを、もう皆さんはこの章で経験して知ってしまったわけですが、だからなんなんでしょう？　「古典の中の古典」を知

ったご感想はいかがでしょう？

それだから、「日本の古典」はわかりにくい

言いにくいことを、はっきり言ってしまいましょうか？　ここまではっきりしたことは、「それだから日本の古典はわからないのか」です。だってそうでしょう？　こういうものが「古典の中の古典」だったら、「日本の古典」が「わかりやすいもの」になるはずはないんですから。

「漢文」や、「漢字だけの万葉がなの文章」や、「ひらがなだけの文章」が、読みやすいですか？　読めますか？　「そういうものは、読みにくくてわからないものである」ということは、この章で私がずっと言ってきたことです。もとが「わかりにくいもの」が、どうして「わかりやすい」でしょうか？　そうでしょう？　そういう古典が、今の時代にある活字の本では、いかにもわかりよさそうな「漢字＋ひらがな」の日本語になって印刷してあります。だから、「読めそう」という気はします。でも、そんなの「気がするだけ」です。

根が「わかりにくい」んですから、そんなものわかるわけがない。「古典がわからない」というのは、あなたの頭が悪いわけでもなく、教養がないわけでもない――まァ、教養だけは「ない」かもしれませんが、でも、そうなっているのは、「古典というものは、もともとわかりにくいものだ」ということを、誰も教えてくれないからです。「日本の古典」の中心にある「古典の中の古典」や「古典的な古典」は、とてもわかりにくいものなんです。そういうものが中心にあるから、日本の古典はわかりにくいんです。だからこそ、「その後」があるんです。

平安時代に、まだ「ちゃんとした日本語の文章」は存在しない

この章を終える前に、今までのことを一つだけ整理しておきましょう。それは、「奈良時代にも平安時代にも、まだ普通に読める〝漢字とひらがなが一緒になった文章〟は存在しない」ということです。なかったですよね？　それも当然です。漢字とひらがなが一緒になった「和漢混淆文《わかんこんこうぶん》」という「普通の文章」は、鎌倉時代にならないと登場しないからです。

そういう「普通の日本語の文章による古典」の代表格は、兼好法師《けんこうほうし》の『徒然草《つれづれぐさ》』ですが、それはまだ登場していません。つまり、読者の皆さんは、まだ「普通じゃない日本語の文章」しか経験していないのです。「普通じゃないんだから、わかるはずはない」――それでいいんです。昔の人だって、それくらいは感じていたはずなんですから。そうじゃなかったら、兼好法師は〝ああいう文章〟で本を書きません。〝ああいう文章〟がどういう文章かは後の章にゆずりますが、重要なことは、「兼好法師の時代になって、やっと現代人でも読めるような文章が登場する」です。だから、それ以前の古典――『源氏物語』や『枕草子』が読めなくたって、読んでも意味がわからなくたって、べつに不思議でもなんでもないんです。

そう思って、安心してください。この私のモットーは、「〝わからない〟を認めない限り、〝わかる〟は訪れない」です。この章で、皆さんは「日本の古典はそもそもわからないものである」ということを認めました。「だったらわかるようになるかもしれない」というところで、次です――。

# 第三章　「和歌」とはなにか？

# 1　「和歌」はどうして重要なのか？

## 和歌が重要な『伊勢物語』

「普通の日本語の文章」である「和漢混淆文《わかんこんこうぶん》」の話をする前に、「和歌の話」をしましょう。日本の古典の中で和歌というものはとても大きな比重を占めるもので、しかも古典を読む現代人が一番苦手とするのも和歌だからです。

『土佐日記』より前に書かれた「古典の古典」の一つに、『伊勢物語』があります。『伊勢物語』の作者は、わかりません。『伊勢物語』は、「絶世の美男」と言われた実在の人物・在原業平《ありわらのなりひら》を主人公にしたものですから、「在原業平が自分で書いた」という説もあります（今ではあまり信じられていませんが）。他には、「紀貫之が書いた」という説や、「有名な女流歌人の伊勢が書いた」という説もあります。『伊勢物語』だから、作者は伊勢なのかもしれません。でも、「作者は誰か？」は、とりあえずどうでもいいことです。重要なのは、在原業平も紀貫之も伊勢も、「有名な歌人」だったということです。

『伊勢物語』というと、書き出しの多くが《むかしをとこありけり――昔、ある男がおりました》ということで有名ですが、『伊勢物語』の特徴は、もう一つあります。「歌物語」とも言われる『伊勢物語』には、和歌がとても多いのです。

全部で百二十五段あるこの物語は、ほとんどどの段にも和歌が入れられています。和歌が中心で、「文章はその和歌が詠まれた経過を語る一行だけ」という段も、かなりあります。ある意味で、この物語の主役は「ある男＝在原業平の作った和歌」かもしれないのです。

在原業平は、「絶世の美男」であると同時に、歌人としても有名な人でした。それと同時に、帝のお后とスキャンダルを起こして都にいられなくなった人です。そういう、当時の有名人の作った和歌ですから、当時の人には読む価値がありました。和歌と、それが生まれる背景をちょっとした物語のようにして書いたのが『伊勢物語』で、「歌物語」といわれる『伊勢物語』の主役は、「和歌」なのです。

「作者が歌人で、主役は和歌」というのが、『伊勢物語』です。和歌は、とっても重要なものなんですね。「公式文書は漢文」で、「ひらがななんてダメ」だったはずの国家も、『古今和歌集』という「ひらがなの本」だけは、〝国家事業〟として作っています。一体どうして、「和歌」というものはこんなにも重視されていたんでしょうか？

漢字ばかりじゃ女にもてない

平安時代の日本政府の公式文書は漢文で、その他の男の書く文章も、みんな漢文でした。「男＝漢字」で、「歌を歌う」ということになっても、男なら漢詩の一節にメロディーをつけて歌いました。それが男の「上等な趣味」で、ひらがなによる和歌よりも、漢文・漢詩の外国系の方が断然優位でした。「五七五七七」の「和歌」は、別名「やまと歌」とも言って、これは「日本オリジナルの歌の形」なんですから、「ロックだけが音楽だ、絶対にカラオケで演歌なんか歌わない！」とか、「クラシックは価値の高い音楽だが、演歌は低俗でだめだ！」というのと似たようなもんです。

ところが、外国系優位の中で、「和歌」の価値というものは揺るぎません。どうしてかというと、漢詩や漢文が「男専用」だったということを考えるとわかるのです。

男が漢詩にメロディーをつけて、いい気分になって歌っていても、それは「男専用」なんです。女の耳には入りません。入ったって、「漢詩がわかるなんて顔しちゃだめよ。〝女らしくない〟って、男の人に嫌われちゃうもの」と、女の方が知らん顔をします。「バンド始めたのは女にもてるためだったのに、これで女が全然のってくれなかったら、オレたちバンドやっても意味ねーな」というようなもんです。「和歌の重要性」は、そんなところから登場するのです。

清少納言は、漢字がわかる「とんでる女」

平安時代の女に、漢詩は通用しません。そっちの方に特殊な教養があったのは清少納言で、男たちが漢詩の一節をナゾナゾめかして言うと、清少納言はすぐにピンときて、「なに言ってんのよ」という調子で返事を返しました。男たちは、漢詩や漢文の〝意味〟にすぐピンとくるような「とんでる女」がいるもんだから、「すげェ」と言って、清少納言は男たちの人気者になったのです。まァ、そういう清少納言をおもしろがらない女たちもいっぱいいたでしょうけどね。

「清少納言嫌い」の代表格は、紫式部です。彼女は『紫式部日記』の中で、「清少納言というのがほんとにもう、したり顔でえらそーにしてるやな女だ」って書いてますね。「〝私は漢字知ってる！〟って言ってるけど、間違いだらけだ」って。紫式部は、清少納言以上に漢詩や漢文にくわしい人です。その彼女が清少納言をいやがるのは、「女が漢字にまつわる知識をふりまわすのはみっともない」という〝美学〟があったからでしょう。

ともかく、「女は漢字の外にいるべきだ」というのが、当時の常識です。だから、いくら男達が声に出して漢詩を歌ってみても、あまり女のところには届きません。女達のところに自分の思いを届かせたかったら、ひらがなで書く和歌を贈るしかなかった。それで、男たちは女たちに和歌を贈ったんです。

和歌というものは、男と女が恋愛状態になる時や、恋愛状態に陥った後に贈る、「ラブレター」と同じものだったんですね。

## 2 和歌は「生活必需品」

### 「目が合った」だけで「セックスをした」になってしまう時代

昔の女の人は、御簾《みす》の奥にいて、絶対に男に顔を見せないものでした。平安時代のお姫さまがそうでしたが、べつにこれは、平安時代に始まったことじゃありません。『古事記』の昔からそうで、身分の高い女の人なら、江戸時代になってもそうでした。「まともな女なら、絶対に人前に顔をさらして歩かない」という、イスラム原理主義のような常識が、長く日本を支配していたのです。だから、「まぐわう」という言葉も生まれます。

「まぐわう」「まぐわい」という言葉を、知っている人なら知っています。これは「セックスする」「セックスすること」という意味です。「女へんの漢字」を使って「媾う《まぐわ》」と書くと、いかにもそれらしく見えますが、でも「まぐわう」の漢字は、本当は「目合《まぐわ》う」なんです。なんだか拍子抜けのするようなそっけなさですが、「まぐわう」の本当の意味は、この文字どおり、「視線を合わせる」だったんです。

「男と女の目と目が合ったら、これはもうセックスをしたのと同じ」というのが、その昔の常識でした。どうしてかと言ったら、「女は家の中にいて、絶対に男に顔を見せない」という社会常識があったからですね。

男に顔を見せたら、もう女の方は「処女を失ったと同じ」なんです。そういう昔には、新婚初夜の翌朝に男がこっそり自分の妻の顔を見て、「ああよかった、どうやらボクの奥さんは美人らしい」などとつぶやいたりすることも起こります。結婚してたって、「女というものはそうそうあからさまに男に顔を見せないもの」という常識がありましたから、男が自分の奥さんの顔を見るのだって「こっそり」になるし、晴れて結婚式が終わらなければ、男はまったく女の顔を見ることなんかできなかったんです。


平安時代に、ラブレターは「生活必需品」だった

「目と目が合った」だけで「処女を失った」という時代です。そんな時代に、男と女は

どうやって〝知り合い〟になればいいんでしょうか？

顔がわからなくたって、「そこに女がいる」と思えば、どうしても男は気になります。女の方だって、自分がじっとしている前をすてきな男が通りかかったら、やっぱり心が動きます。そんな時、「あなたに関心を持っている人間がここにいますよ」ということを、どうやって相手に伝えるのか？　和歌というものは、そのことを伝えるための道具だったんです。

顔は見せられないけど、声だけはかけられる。手紙だけは送れる。そういう時代には、和歌が重要なんです。和歌がなかったら、男と女は恋愛ができないんです。恋愛だけじゃありません。和歌がなかったら、男と女はあいさつもできません。男と女だけじゃなくて、男同士だって、和歌で「会話」をします。平安時代の和歌がほとんど「言葉」とか「感情」というものと同じだったということは、紀貫之の書いた『古今和歌集』の序文からでもおわかりになるでしょう。「和歌というものは、人の心の中にある感情を核として生まれた言葉によってできている」「人間は、なにかを見たり聞いたりするにつけて、自分の感情を形にした和歌を詠む」です。

「教養」か、「生活必需品」か

今じゃ、和歌というものは〝お勉強〟ですが、昔は和歌というものが〝生活必需品〟でした。いくら「中国製の文化」がえらいということになったって、〝生活必需品〟には勝てません。「日本製の和歌というのはいいものだ。和歌というものは、人間の心を伝える大事なものである」という〝文化的な気運〟が生まれて、『古今和歌集』という「国家事業」は生まれるのです。

「和歌は感情を伝えるもの」で、「和歌以外にそういう手段はなかった」のが、平安時代です。「和歌以外に感情を伝える手段はなかった」というのはへんだとお思いになるかもしれません。でも、平安時代というのは、まだ「普通の日本語の文章」がなかった時代なんです。日本人が普通に「日本語の文章」を書いて、それが十分に「自分の感情」を伝えられるようになった時、和歌というものは「生活必需品」から「教養」へと転落するのです。「教養だからえらい」というのは、あなたの錯覚ですね。

# 第四章　日本語の文章はこうして生まれる

# 1　カタカナヲ忘レナイデクダサイ

## 「ユク河ノナガレハ絶エズシテ」の『方丈記《ハウジヤウキ》』

「和漢混淆文《わかんこんこうぶん》の話」になる前に、もう一つ越えなきゃいけないハードルがあります。それは、「カタカナ」です。

平安時代が終わって鎌倉時代になると、「漢字＋かな」の「和漢混淆文」が登場します。

「和漢混淆文」の代表的なものは三つあります。『平家物語』と『方丈記《ほうじようき》』と『徒然草』です。『平家物語』は作者不明の軍記物語ですが、『方丈記』と『徒然草』は、どちらも作者がはっきりした随筆です。和漢混淆文で『徒然草』だけを持ち上げて、「兼好法師の文章は近代の日本語の先祖だ」なんてことを言うと、『方丈記』の作者である鴨長明《かものちようめい》は気を悪くするかもしれません。「じゃ、オレのはなんだ！」などと。しかも、『方丈記』は『徒然草』や『平家物語』より、百年以上も古いんです。「日本の和漢混淆文の最初は『方丈記』である」と言ったって、そうそう間違いじゃないんですが、あまりそんなふうには言われません。なぜかというと、〝理由〟があるんですが、ところであなたは、『方丈記』がどういう文章で書かれているかを、知っていますか？

《ゆく河の流れは絶えずして、しかももとの水にはあらず。澱《よどみ》に浮かぶうたかたは、かつ消え、かつ結びて、ひさしく留まりたるためしなし》

これが、日本の「無常感」の代表とされている『方丈記』の書き出しです。そんなにむずかしい文章じゃありません。「うたかた＝あぶく」ということだけ理解しておけば、この文章の意味は、なんとなくわかるような気がします。でも、この『方丈記』の文章、実は「漢字とひらがな」じゃなくて、「漢字とカタカナ」で書かれていたんです。だから、鴨長明が書いたものは、実はこんな風だったんです――。

《ユク河ノナガレハ絶エズシテシカモモトノ水ニハアラズ。澱ニ浮カブウタカタハカツ消エカツ結ビテヒサシク留マリタルタメシナシ》

なんだかへんでしょう？

## 「無常感」とはなんぞや？

「無常感」の「無常」というのは、仏教の思想からきたもので、「常ということは無い」です。「いつまでも同じということはない」――これが「無常感」です。べつにどうってことのない話で、あたりまえです。でも、この「あたりまえ」に、ほんのちょっとなにかがくっつくと、ドキッとします。「いつまでも同じということはない。すべてのものには、いつか終わりがくる」と。ドキッとするでしょう？

毎日同じ生活をくりかえしていて、そこに「いつまでも同じということはない」なんてことを言われたって、「まァね」です。毎日同じ生活をくりかえしている人間は、毎日同じことをくりかえしているおかげで、少々のことにはびっくりしないだけの「鈍感さ」を獲得しています。「いつまでも同じということはない」と言われれば、「そりゃそうだな」とは思いますが、だからといって、「明日になったら自分の生活はガラッと変わる」なんてことは考えません。「明日も退屈な講義が待っている」とか、「明日も会社に行かなきゃいけないのは変わらない」とか、「明日もまたすることないからゴロ寝だ」

とか、「明日のごはんのおかずはどうしよう?」とか、そんなことしか考えません。ところが、そこに「いつかは終わりがくる」があると違います。そういう「昨日と同じ生活のくりかえし」が、終わってしまうわけですからね。

「大学は退屈だが、卒業したら会社が待ってる……」とか、「会社がつぶれたらオレはどうするんだ……?」とか、「金がなくなったらゴロ寝もできない」とか、「地震で家がつぶれたら、献立の心配どころじゃない」ということになるわけです。「いつまでも同じということはない」は、イコール「いつかは終わりがくる」なんですが、うっかりすると人間は、そのイコールである「同じこと」を考えない。だから、「無常感とは、〝いつまでも同じということはない〟である」なんて言われたって、「へー」で終わりなんですね。「昔のやつがそんなこと言ってたか。だからなんなんだ?」と。人間というものが、そういうふうに、「あまり先のことを考えないのんきなものだ」ということを頭に入れて、もう一度『方丈記』の文章を読んでみましょう。

「ひらがな」と「カタカナ」は、こんなにも違う

『方丈記』の書き出しの文章は、こんな意味です——。
「流れて行く河の水は、いつでも流れ続けている。流れている河には、その〝流れ〟ゆえに、いつでも〝新しい水〟がやってくる。つまり、流れ続ける河は〝同じ河〟のようだが、その河に、いつまでも〝同じ水〟があるわけじゃない。河の流れのよどんだところに浮かぶあぶくだって、一方じゃはじけて消えるし、一方じゃべつの新しいのができる。同じところに同じあぶくがずっとあるわけじゃない」
「深い意味だな」と思いますか？「だからなんなんだ？」と思いますか？　まァ、それはどっちでもいいんです。〝意味〟は、所詮〝意味〟だからです。重要なのは、ここから先です。鴨長明の書いた『方丈記』の書き出しの〝意味〟が以上のようなものだと思って、「ひらがな版」と「カタカナ版」の二つの原文を読み比べてください。
《ゆく河の流れは絶えずして、しかももとの水にはあらず。澱に浮かぶうたかたは、かつ消え、かつ結びて、ひさしく留まりたるためしなし》
《ユク河ノナガレハ絶エズシテシカモモトノ水ニハアラズ。澱ニ浮カブウタカタハカツ消エカツ結ビテヒサシク留マリタルタメシナシ》
どっちが文章として、流暢《りゅうちょう》ですか？　どっちが文章としてグッときますか？　どっちの文章に、「すべてのものには、いつか終わりがくる」の〝ドキッ〟を感じますか？　私は、「ひらがな版」の方に、より〝ドキッ〟を感じると思いますけどね。そうじゃありませんか？

「意味」がわかれば、「ひらがな」の方が読みやすいんです。それは、日本人が「漢字＋ひらがなの文章」に長い時間をかけて慣れてしまったからです。それだから、カタカナだけが続く文章を読む時は、一字一字考えながら読みます。一字一字考えながら読んで、そしてそうなると、そんな文章を読んでいる人間は、「この文章を書いた人間だって、自分が読むのとおんなじように一字一字考えながら書いたんだろう」と、なんとなく思ってしまうのです。そうでしょう？

カタカナ版の『方丈記』を読むと、「鴨長明という人は、へんなことをしつこく考える人だったんだな」という気がします。しませんか？　カタカナだけの文章を一字一字考えながら読むと、「この人は、一字一字こんなことを考えながらこれを書いたのか？」という気がしてしまうからです。カタカナだけの文章は、読むものにそんな気をおこさせてしまう文章なんですね。

「方丈記」は、科学する人が観察しながら書いた文章

『方丈記』の書き出しは、ある意味で「科学的な文章」です。目の前を流れて行く河を見て、いろいろと観察しています。

《ゆく河の流れは絶えずして》――彼は河を見てるんです。

《しかももとの水にはあらず》――ね、ちゃんと観察してるでしょう?

「目の前の河は、河は河だが、同じ河じゃない。水はいつも流れてるんだから、この水は〝違う〟」――《ゆく河の流れは絶えずしてしかももとの水にはあらず》の中には、これだけのことが含まれています。私の訳が「流れて行く河の水は、いつでも流れ続けている」なんていうくどいものになっているのは、その〝背景〟を言いたかったからです。

鴨長明は、まず「河」を見て、「水」を見て、それから「あぶく」を見ている。そのことによって、彼が既に学習して知っている「いつまでも同じということはない」という、仏教的な「無常感」の存在を証明しているんです。『方丈記』の文章は、そういう

実証的かつ科学的な文章なんです。

でも、「ひらがな版」の《ゆく河の流れは絶えずして》には、あまりそういうことが感じられません。なぜかと言えば、それは、ひらがなの文章が流暢《りゅうちょう》だからです。文章がスラスラと流れて行くから、「ふーん……」と読めてしまう。その文章の内容をあらかじめ知っていれば、「ふーん……」と読みながら、その文章に隠されている「意味」を探そうとします。だから、「河の水」と「河のあぶく」を観察した文章を読みながらでも、「いつか〝終わり〞はくるんだな……」なんてことを考えてしまうんですね。

でも、鴨長明の文章に「すべてのものには、いつか終わりがくる」なんてことは書いてありません。ここに書いてあるのは、「河の水とあぶく」を例にとった、「いつまでも同じということはない」だけです。

「いつまでも同じということはない」と書いてある文章を読んで、それとイコールである「すべてのものには、いつか終わりがくる」を思い浮かべるのは、〝解釈〞です。読み慣れた「漢字＋ひらがなの文章」を読むあなたには〝余裕〞があるから、「河の水とあぶくに関する観察記録」というろくにおもしろくもない文章を読みながら、うっかりとそういうことを考えてしまうのです。でも、同じ文章がカタカナになったら、そうはならないでしょう。

《ユク河ノナガレハ絶エズシテ》を一字一字目で追って読むあなたは、まさしく「鴨長明が書いたとおりのもの」を読むんです。「河の水は同じじゃない。あぶくも同じじゃない」と。それだからこそ、「カタカナ版」を読むあなたは、「だからなんなんだ？」と思うのです。ウソだと思うんなら、もう一度ためしに「ひらがな版」と「カタカナ版」を読み比べてごらんなさい。

カタカナの文章は、「一字一字考えながら書かれた文章」なんです。

## 2 「漢字＋カタカナ」の書き下《かくだ》し文は、現代日本語のルーツである

鴨長明はインテリで、カタカナは「インテリのもの」だった

前々章で言いましたが、カタカナというのは、漢文を読むために生まれました。「ひらがな」は、「男の書くもの」じゃなくて「公式文書にはだめ」でしたが、カタカナはそうじゃありません。「ひらがな」は、漢字とのコンビを組めずに「女の書くもの」になり、「女に書くラブレター用（＝和歌）の文字」になりましたが、カタカナはそうじゃありません。カタカナは、はじめから漢字と一緒なんです。

漢文を読んだり書いたりするのは男で、漢文を読んだり書いたりするのはインテリです。鴨長明もインテリでした。神社の神官の息子として生まれた彼は、神官としての自分の地位を確保しようとして、それができませんでした。出世しそこねた彼は、悲しん

で出家して、僧侶になりました。「神道の家に生まれた人間が出家して仏教徒になる」というのは、今の考えだとなんだかへんですが、昔はべつにへんでもなんでもありません。神官の鴨長明は、出家して「お坊さん」になったのです。そういう人なんですから、「現実に存在する無常感を実証しよう」と考えたって、べつに不思議じゃありません。鴨長明は、そういう人だったのです。

## 『方丈記』がカタカナで書かれた理由

仏教のお経は、漢字だけで書かれています。だから当然、インテリにしか読めません。じゃ、神官が読んだり書いたりする文章は「ひらがな」なのかというと、そんなことはありません。これも、漢字だけの漢文です。「出家した神官」の鴨長明は、「漢字の人」なのですが、しかしこの人はまた同時に、和歌を詠む「歌人」でもありました。つまり、鴨長明は「ひらがなの人」でもあったということです。「漢字」と「ひらがな」が一緒になった「和漢混淆文」が彼の中に生まれるのは、こうなったら当然のようなものですが、でもそんな彼の書いた「和漢混淆文」の『方丈記』は、「漢字＋カタカナ」だったんです。

鴨長明が最初に自分で書いた『方丈記』が、本当に「漢字＋カタカナ」だったかどうかはわかりません。彼の書いた〝原本〟が残っていないからです。でも、彼の書いたものを写した写本の古いものは、「漢字＋カタカナ」なんです。「漢字＋ひらがな」であるようなものを、わざわざ「漢字＋カタカナ」に直して写す理由なんてありませんから、「鴨長明の書いた原本も〝漢字＋カタカナ〟だったのだろう」と推測するのです。

それでは、鴨長明は、どうして『方丈記』を「漢字＋カタカナ」で書いたんでしょう？　彼は「ひらがな」を駆使する歌人なんですから、「漢字＋ひらがな」の文章を書いたっていいんです。紀貫之の書いた『古今和歌集』の序文は、カタカナじゃなくて「ひらがな」だったんですから、鴨長明だって『方丈記』を「ひらがな」で書いてもよかったんです。でも、彼はそれをしませんでした。それがなぜなのかと言ったら、その答は一つしかありません。「鴨長明が、〝この文章にひらがなは似合わない〟と考えた」――これだけでしょう。

歌人である彼は、当然、紀貫之の偉大さを知っているはずですね。『方丈記』が書かれたのは、『古今和歌集』が作られた時代の三百年も後の鎌倉時代の初めです。いくらなんでも、ひらがなの文章を書くのに「わざわざ女になる」なんていう必要はありません。それなのに、鴨長明は、「ひらがな」ではなくカタカナを選びました。『方丈記』が、「科学的かつ実証的な文章」だったということを思い出してください。これを「ひらがな」で書いたら似合わないんです。これは、ある種「インテリの書く論文」に近いようなもんなんですから、カタカナの方が似合います。「歌人」として「ひらがなの美意識」を追究していた鴨長明なら、そう考えるのが自然でしょう。

神官であり仏教徒であった鴨長明は「漢字の人」だけど、それと同時に、歌人である彼は「ひらがなの人」でした。「漢字＋カタカナ」と「ひらがなだけ」は、鴨長明という一人の人の中に〝一緒にあった〟のではなくて、〝別々にあった〟んです。だからこそ、鴨長明の書いた「日本最初の和漢混淆文」は、「漢字＋ひらがな」ではなくて、「漢字＋カタカナ」になるんだと思います。

## 「カタカナ＋漢字の文章」は、漢文の書き下し文から始まる

カタカナは「インテリのもの」で、はじめから漢字と一緒でした。カタカナは漢字と

仲よしで、ひらがなは仲間はずれでした。「漢字＋ひらがな」の文章がなかなか生まれなかったのは、漢字とひらがなの間にそういう〝壁〟があったからなんですが、カタカナにはそんな〝壁〟なんかありません。かえって逆に、漢字だらけの漢文を読むしかなかった昔の人達は、少しでもわかりやすいようにと思って、「漢字だらけの漢文」を、「漢字＋カタカナ」の書き下し文にして書くようになっていました。和漢混淆文のルーツは、その「漢文の書き下し文」にあるのです。

カタカナは、「漢文のカンニング用」です。《吾十有五而志平学》をどう読んだらいいのかわからない学生は、カタカナを使って、《吾十有五ニ而テ学ニ志ス》と書きました。これが「書き下し文」です。カタカナははじめから漢字と一緒で、「めんどうな漢文以外の日本語の文章を書こう」と思ったある種の人達は、「漢文に近いけど漢文じゃない文章」を書こうとしたんです。

紀貫之を代表とする「和歌系の人」は、「ひらがなだけの文章」を書こうとしましたが、それとは違う「インテリ系」の人達は、漢字とカタカナのまじった「書き下し文」という新しい日本語を作って、これが「現代の日本語の先祖」である「和漢混淆文」のルーツとなったのです。

## 3　どうしておじさんは「随筆」が好きか？

### 『元禄御畳奉行《げんろくおたたみぶぎょう》の日記』をうらやましがる、中国文学の研究者

　話は飛びますが、以前に『元禄御畳奉行《げんろくおたたみぶぎょう》の日記』という本がベストセラーになりました。江戸時代に「畳奉行」という役職についていた武士の日記です。要するに、「畳課の課長さんが書いた日記」です。江戸時代の武士は、現代のサラリーマンと同じですから、「なんだ、昔からオレとおんなじような人間はいたのか」というんで、ブームになったんですね。そして私は、ある時それをとてもうらやましがっている中国文学の先生に会いました。大学の先生なんですが、どうしてうらやましがってくやしがったのかというと、中国には、そういうものがないからです。

「四千年の神秘」を誇る中国は、「漢字の国」です。ひらがなもカタカナもありません。つまり、中国で「日記を書く」ということになったら、全部漢字で書かなくちゃいけな

くて、「それはとんでもなく大変なことだ」と言うんです。

ご存じと思いますが、中国には「科挙《かきょ》」という、「官僚になるための試験」があります。「漢字の国の官僚」になるんですから、この試験がとんでもなくむずかしいのは当然です。なにしろ、まず第一に、漢字をたくさん知っていなくちゃいけないからです。

漢字だけの中国で「文章」というものは特別で、漢詩も含めて「文章」ということになると、やたらと誇大な表現を使います。その一例が、「白髪三千丈《はくはつさんぜんじょう》」です。「丈《じょう》」は長さの単位で、仮に「一丈=三メートル」だとすると、「三千丈」は九キロです。そんなに白髪が伸びるはずはないんですが、そんなとんでもない長さの「白髪」がなんのために必要かと言ったら、「すごく悲しかった」ということを説明するためです。「悲しみが髪の毛を白くして、その長さが三千丈になった=すごく悲しかった」です。説明されれば笑いますが、「かな」という文字がなくて、漢字だけを並べて文章を作る中国では、「わかりやすい表現」がなかなかできないんです。ついつい表現が誇大なものになってしまって、その誇大表現をカバーするためには、どうしてもとんでもない量の漢字を知っていなくちゃならなくなるんです。「漢字の量」と、そして「漢字のむずかしさ」ですね。

「誇大な表現を取りたがる人間はむずかしい漢字を使いたがる」ということを具体的に知りたかったら、暴走族の落書きを考えればいいんです。むずかしい漢字ばっかりを並べてます。暴走族であの程度なんです。「漢字しかない本場中国のインテリ」が、どれほどむずかしい漢字を使いたがるか、それは「推《お》して知るべし」というものです。

中国人で「日記を書ける人」ということになったら、漢字の数を多く知っているインテリだけです。そのインテリが、「文章だから凝らなくちゃ」と考えるんですから、「気楽な日記」なんてものが生まれるわけはありません。中国で、「もうちょっとかんたんな文章を書くようにしようぜ、じゃないとこの国は滅びる」という機運が生まれるのは、十九世紀になって、イギリスとのアヘン戦争に負けてからなんです。ですから、それ以前の中国人の書く「文章」なるものがどんなに難解かは、「推して知るべし」です。「推して知るべし」も、漢文に由来する日本語ですが。

中国人は、「文章」を書くとなると、一挙に司馬遷《しばせん》の『史記《しき》』というレベルに行っちゃうんです。そんな漢文の文章を書ける人というのは、「特別な人」で、「お畳奉行」クラスの地方官吏には、とても「日記」なんか書けないんです。ところがこの日本には、『元禄御畳奉行の日記』程度のものなら、いくらでもあるんです。だから、「当時の人達の生活」というのは、かんたんにわかります。でも中国には、そういう「シンプルな生活記録」なんてないんですね。だから、日本にいる中国文学の研究者は、「『元禄御畳奉行の日記』がある日本」を、とてもうらやましがるんです。

日本は「随筆の国」

日本には、「日記」がいっぱいあります。なにしろ、「男が漢文で日記を書いている」という状況があれば、女も「してみむ」と思って、「ひらがなの日記」を書いちゃう――「そういう女がいてもいいだろう」と男が思って、わざわざ「女になって日記を書く」ということまでしてします。イギリスの映画監督は、「我が国が〝野蛮人の国〟だった時代に、日本にはとんでもなく自由な文章を書く女性がいた」と、やっぱり日本をうらやましがります。日本には、「日記」ばかりでなく、「随筆」というものもやたらと多いのです。

清少納言の『枕草子』、鴨長明の『方丈記』、兼好法師の『徒然草』からはじまって、もうずーっと日本のおじさんたちは随筆を書いています。「随筆の最初」は、清少納言という女性なんですが、その後の時代に、「随筆」というものは、もっぱら「おじさんの書くもの」です。江戸時代になったら、もうそういうものがゴマンとあります。「メモ」とか「走り書き」とかも含めた「身辺雑記」のたぐいや、自分で勝手に考えた「歴史の考証」とか、「オタク文化のルーツはここにあり」と言いたいようなもんですが、なんでそんなに日本には「随筆」が多いんでしょうか。

### 「書き下し文」がなかったら、おじさんは随筆が書けなかっただろう

　平安時代の日本の貴族が書いた「日記」は漢文で、読むのが厄介です。でも、清少納言の始めた「随筆」は「ひらがな」だったんです。「日記は構えて書かなくちゃいけないが、随筆は楽に書ける」という常識を、清少納言という女性は、作ってくれたんですね。それで、日本は楽になりました。つまり、「男の日記はちゃんとした漢文で書かなくちゃ恥ずかしいが、随筆ならそんなに構えて書かなくてもいいんじゃないのか？」という雰囲気が生まれたということです。漢字だけの中国にはないカタカナを使う、「カタカナの入ったわかりやすい書き下し文」が随筆の主流になれたのは、そのためでしょう。

鴨長明は「漢字＋カタカナ」でしたが、兼好法師以来、「漢字＋ひらがな」がおじさん達の文章の主流になります。でもまァ、カタカナが「ひらがな」になっても、昔の日本のおじさん達の書いた「随筆」は、そんなに読みやすいものではありません。説教臭かったり、むずかしい漢文口調がいたるところに残っています。「昔」だけじゃなくて、今になっても「おじさんの書く文章」の多くはそうです。でもそれは、「今となっては」なんです。おじさん達が「漢文」で文章を書かなかったことに、感謝をした方がいいでしょう。「おじさんの書く文章」が説教臭くて、濃厚に漢文口調を残しているのは、そのおじさん達の文章のルーツが、「漢文にカタカナをまじえた、わかりやすい書き下し文」だったからなんです。今となっては「堅苦しいおじさんの文章」も、昔は、「リラックスして書かれたわかりやすい文章」だったんです。おじさん達は、とってもリラックスして「随筆」というものを書いていたし、リラックスしたいからこそ、「随筆」というものを書いたのですね。

「和漢混淆文の最初」が、『方丈記』や『徒然草』という「随筆」だったのは、これを書く人達が、「漢文の教養」を持っていて、それを「あんまり堅苦しくなく、自由に書いてみよう」と思ったことに由来するんだと思いますよ。

## 4　カタカナだらけの『今昔《こんじゃく》物語集』

### 「説話《せつわ》文学」は、インテリの文学

「説話《せつわ》文学」というのがあります。各地に伝わる伝説や物語を文字にしたものです。もとは「民間伝承」なんですから、話がぶっ飛んでシュールになることはあっても、そんなにむずかしいもんじゃありません。「おとぎ話も説話文学の一つ」と言えば、そのことはかんたんにわかるでしょう。「説話文学はわかりやすいもの」ではありますが、でもこれを書くのは民衆じゃありません。民衆は、これを「話す」だけで、「字で書いて本にする」なんてことはしません。それを書き留めるのは、字を知っていて文章の書けるインテリだけです。子供向きのグリム童話だって、「グリム兄弟」というインテリが田舎に行って、字が書けないオジサンやオバサンの話を聞いて本にしたんですから、「説話」は民衆のものであっても、「説話文学」はインテリのものなんです。

日本で最も有名な「説話文学」は、平安時代の終わり頃にできた『今昔《こんじやく》物語集』ですが、これを見れば、「説話文学はインテリのもの」というのがよくわかります。なぜかと言うと、この文章は、「漢字＋カタカナ」による「漢文の書《か》き下《くだ》し体」だからです。漢文を読むのは男のインテリだけですから、そういう文章で書かれたものの「作者」や「編者」や「読者」がどういう人たちかは、かんたんにわかるでしょう。

## 『今昔物語集』は、カタカナが読みにくい

日本の代表的な「説話文学」である『今昔物語集』を有名にしたのは、芥川龍之介です。

『羅生門』『鼻』『芋粥《いもがゆ》』といった、『今昔物語集』に題材をとった短編小説を、芥川龍之介はいくつも書いています。次に引用するのは、彼の『羅生門』の原典となったものです。

《今《イマ》ハ昔《ムカシ》、摂津《セッツ》ノ国《クニ》ノ辺《ホトリ》ヨリ盗《ヌスミ》セムガ為《タメ》ニ京《キャウ》ニ上《ノボリ》ケル男《ヲトコ》ノ、日《ヒ》ノ未《イマ》ダ明《アカ》カリケレバ羅城《ラシヤウ》門《モン》ノ下《モト》ニ立隠《タチカク》レテ立《タ》テリケルニ朱雀《シュジャク》ノ方《カタ》ニ人重《ヒトシゲ》ク行《アルキ》ケレバ、人《ヒト》ノ静《シヅ》マルマデト思《オモヒ》テ、門《モン》

ノ下《モト》ニ待立《マチタ》テリケルニ――》

どうです？　読みにくいでしょう？

この文章を読みにくくさせているのは、もちろんカタカナです。カタカナは、「一字一字考えながら読む文字」で、こんなにカタカナが多いと、かえって逆に読みにくいのです。本来だったら、「読者が読みやすいために」と考えられたふりがなも、「旧かなづかい」のカタカナになってしまったら、なんだか「こう読め！」と命令されているようになって、読みにくくなります。

ところがしかし、本来の『今昔物語集』にふりがななんてありません。だから、これを取ってみましょう。するとこうなります――。

《今ハ昔、摂津ノ国ノ辺ヨリ盗セムガ為ニ京ニ上ケル男ノ、日ノ未ダ明カリケレバ羅城門ノ下ニ立隠レテ立テリケルニ朱雀ノ方ニ人重ク行ケレバ、人ノ静マルマデト思テ、門ノ下ニ待立テリケルニ――》

「ふりがななし」だと読みにくいはずなんですが、こっちの方がずっとすっきりして読みやすいでしょう？　「一字一字考えながら読むカタカナ」が消えて、漢字だけを追っかけて行けば、大体の意味がわかってしまうからです。

「漢字だけが続く文章」だと、どこで切ったらいいかがわかりません。でも、漢字の間に「かな」が入ってくれると、その「かな」が読みにくい「旧かなづかい」であったとしても、漢字をひろっていくだけで、大体の意味は理解することができるのです。もしかして、現代文を読む時の私たちは、「漢字だけを追っかけて大体の意味をひろう」ということをしているのかもしれません。ということはどういうことかというと、「この『今昔物語集』のカタカナを〝ひらがな〟に直してしまったら、もっと読みやすくなるんじゃないか？」という可能性だってある——ということです。やってみましょう。こうなります——。

《今は昔、摂津の国の辺より盗せむが為に京に上ける男の、日の未だ明かりければ羅城門の下に立隠れて立てりけるに朱雀の方に人重く行ければ、人の静まるまでと思て、門の下に待立てりけるに——》

いちおう読みやすくはなりました。でもこうなると、今度は別の問題が浮上してしまいます。「ひらがな」が文章を読みやすくしてくれたのはいいのですが、今度は、その読みやすい「ひらがな」の方に目の焦点が合いすぎて、「読みにくい古文」というニュアンスが濃厚になってしまうのです。

どうしてそうなるんでしょう？　それは、『今昔物語集』の文章が、まだ「和漢混淆文」が登場する以前の「古い文章」だからなんです。

## 「和《わ》漢《かん》混《こん》淆《こう》文《ぶん》」とは？

私は、「和漢混淆文」という言葉をあまりにも当たり前に使いすぎています。「和漢混淆文」という言葉は、学校で習う言葉で、そうそうむずかしい言葉ではありません。「日本の和文体と漢文の書き下し文がいっしょになったもの」という程度の意味なら、多くの人が知っています。でも、本当のことを言ったら、「和漢混淆文」という言葉を知っている人だって、「どうして和漢混淆文が必要か」ということはよくわからないのです。そうじゃありませんか？　でも、読者の皆さんは、もう「和漢混淆文が必要になる理由」をおわかりになっているんですよ。

『今昔物語集』の文体は、「漢文の書き下し文」です。「漢文はわからなくても、それが書き下し文になればなんとなくわかる」ということは、「漢字＋カタカナ」の『今昔物語集』を見ればわかります。ところが、この『今昔物語集』の文章は、カタカナを「ひらがな」に変えたとたんにわかりにくくなってしまいます。どうしてかというと、「漢文の書き下し文」は、日本語としてはかなり「不器用な文体」で、「読みやすさ」ということになったら、カタカナを使わない「和文体」の方がずっとわかりやすいからです。「和文体」と「漢文の書き下し文」がドッキングしてできあがった「和漢混淆文」が「読みやすい」というのは、そこに「読みやすい和文体」が入っているからなんです。

次に「漢文の書き下し文」とドッキングした、「読みやすい和文体」の例をあげましょう。私の言うことがおわかりになると思います。

## 5　ひらがなで書かれた「物語文学」は、マンガみたいなもの

### 「ひらがなばかり」でも読みやすい『竹取物語』

《いまはむかし竹とりのおきなといふもの有けり。野山にまじりてたけをとりつゝ、よろづの事につかひけり。名をばさかきのみやつことなむいひける。その竹の中に、もとひかる竹なむひとすじありける。あやしがりてよりて見るに、つゝの中ひかりたり》

これは、『竹取物語』の書き出しです。読みやすいかどうかはともかく、意味はなんとなくわかるでしょう？　わかりにくい部分は、おそらく「さかきの造《みやつこ》」というところだけです。「竹とりのおきな」の名前は、「さかきのみやつこ」というんですが、それだけがわかれば、あとはなんとなくわかるんじゃありませんか？

「〝さかきの造〟という竹とりのおきな《じぃさん》が、野山に入って竹を取っていたら、そこに根元が光ってる竹があった」――『竹取物語』の書き出しが言うところはこれです。「ひ

らがなばっかり」で、見た目には読みにくそうに見える『竹取物語』の文章は、漢字だけをひろっていけば大体の意味がわかる『今昔物語集』よりも、わかりやすいんです。どうしてこの『竹取物語』のような「和文体」の文章がわかりやすいのかと言えば、これが「日本語の文章」だからですね。「和文体」というのは、「日本語の文章の形」ということで、これがわかりやすいのは当たり前です。カタカナを使う「漢文の書き下し文」は、そもそもが、日本語ではない、中国語である「漢文」を読むために開発された文体ですから、これは、日本語として「不自然なもの」です。「和文体」は、当時の日本人が普通にしゃべっているのをそのまま文章にしたようなものなんですから、これが「漢文の書き下し文」よりもずっと自然でわかりやすいのは当然でしょう。

## 『源氏物語』がわかりにくいわけ

「和文体」は、ひらがなだけで書かれます。漢字は、あるとしても、ほんのちょっとです。だから、ひらがなだけの「和文体」には、「文章がどこで切れるのかわからない」という欠点があります。「ここに漢字が入っていればもっと意味がかんたんにわかるのに」というところに漢字はなくて、ひらがなばっかりがだらだらと続いています。「和文体」は、うっかりすると文章だけをずーっと読んでいってしまって、「ところでなにが書いてあるんだ？」になってしまう文章です。

「和文体」は、「シンプルな内容」を書くんだったらわかります。ひらがなばっかりでも『竹取物語』が「わかりやすい」というのは、そのためです。ところが、「和文体」で書くものは、すべてが「シンプルな内容」ではありません。『源氏物語』なんかは、今から千年近くも前に書かれたくせに、近代フランスの心理小説と同じくらいの複雑さを備えています。その「複雑な内容」を、どこで切れるのかわからない「和文体」で書かれたら、もうわからなくなるんです。『源氏物語』の難解さは、それです。「ひらがなばっかり」の「和文体」は、ある意味で「子供の文章」です。「ひらがなばっかり」で、ろくに漢字はありません。かんたんな内容なら、そういう「子供の文章」で十分なんですが、その子供が、とんでもなく「複雑な内容」を書いたり話したりしたらどうなるでしょう？　句読点はないわ、漢字はないわ、どこで切れるのかわからないわ、やたらといろんな人間がでてくるらしいんだけれども、当人だけがそのことを呑みこんでいるから、文章の中では平気で主語が省略されている――こうなったらわかりません。子供が「複雑な話」を始めると、「一体こいつはなにを言いたいんだ?」と、かなりの神経集中を要求されますが、「日本の古典の最高峰」であるような『源氏物語』の特徴は、まさにそれなんです。

登場人物がやたらと多くて、その人間たちがみんな複雑な心理や社会的背景を抱えています。『源氏物語』をただの「恋愛小説」だと思ったらとんでもないことになりますが、そんな複雑な内容の小説が、「ひらがなばっかり」なんです。主語だって平気で抜けていますから、「一体これは誰のセリフだ?」というところがいたるところにあります。「主語と述語の関係」がはっきりしないし、漢字であってしかるべきところが「ひらがな」になっているし、「句読点を使って要所要所の切れ目をはっきりさせる」という習慣がありませんから、平気で「長い文章」が続く——今の活字になっている本は、校訂者が要所要所に句読点を補って読みやすくしていますが、もともとが「句読点のない文章」ですから、後になって句読点を補っても、「一体この文章は、どこにどう続いているんだ?」ということになってしまうのは避けられません。これはべつに、『源氏物語』だけの欠点ではなくて、清少納言の『枕草子』だってそうです。「句読点」というのは、漢文を読むためのものなんですから、「和文体」と「句読点」は無関係なんです。

「かんたんな文章」で「かんたんな内容」を書かれたら「わかる」、でも、「かんたんな文章」で「複雑な内容」を書かれたら「わからない」——『源氏物語』のわかりにくさの正体は、これなんです。

## 『源氏物語』は、複雑な少女マンガのようなもの

結局、文章というものは「慣れ」です。子供たちは子供たち同士で「複雑な話」をしています。主語がどこにあるんだかわからない難解な『源氏物語』を、平安時代の女性たちは、夢中になって読んでいました。当人たちはそのことに慣れているから、「ハタから見れば難解だ」ということに気がつかないのです。

このことは、なにかに似ています。女の子が熱心に読んでいる少女マンガを、大人の男は読めません。ある種の若者たちが熱狂してブームになった『新世紀エヴァンゲリオン』を、多くの人たちが、「またアニメおたくが……」とバカにします。『源氏物語』は「難解な少女マンガ」のようなもので、平安時代から室町時代ぐらいまでに書かれて、

「日本の古典の中心」のようなものになっている「物語文学」だって、やっぱり「マンガのようなもの」だったのです。

## 「ひらがなの物語」をバカにする光源氏

『竹取物語』は、今の日本に残る最も古い「物語」だと思ってもいいでしょう。『源氏物語』の中で、紫式部はこの『竹取物語』のことを、「物語の祖《おや》」と言っています。『源氏物語』の作者は女性ですが、この「漢字がほんの少しで、あとはひらがなばかり」の『竹取物語』の作者は、おそらく「男」です。「ひらがなの文章は女の書くものだけれども、男だって書く人は書いた」ということを思い出していただければいいんです。紀貫之は、〝女〟になって『土佐日記』を書きました。でも、たとえ作者が男だとしても、こういう「ひらがなで書かれた物語」の読者は、「女」です。男は、こういう「ひらがなばかりの物語」を読みません。「ひらがなばかりの物語」を、男は「荒唐無稽なうそ話」と言ってバカにするからです。そのことだって、紫式部は『源氏物語』に書いています。

紫式部の言ったことを、現代語に直して、私の『窯変《ようへん》源氏物語』（中央公論社刊）から引いてみましょう。

「実際、こうした昔の話でもなければ紛《まぎ》らわしようのない退屈《つれづれ》というものはありますからね、それはそれで結構《けっこう》と申し上げておきましょうか。人の心の慰めようは色々だ。そう思って見ると、なかなか物語というものはよく出来ている。虚妄《きょもう》の言《げん》としか思えぬものを書き連《つら》ね、遂には人に〝成程《なるほど》〟などと言わせてしまう。そこに至るまで、偽り言《いつわりごと》の手を止めないのが物語の書き手というものの執念でしょうな」

いかにも「物語」というフィクションをバカにしている男の発言ですが、この〝悪口〟は、もっともっと続きます。これを言ったのは、光源氏で、シーンは「蛍」の巻です。

親友の娘・玉髪《たまかづら》を養女として自分の邸・六条の院に引き取った光源氏は、いつかこの玉髪にひかれています――はっきり言ってしまえば、中年になった光源氏は「セクハラおやじ」になっていて、養女にしたはずの玉髪に、いろいろとちょっかいを出します。ところが玉髪は、そんな光源氏に関心がありません。一人で熱心に、「物語」を読みふけっています。養女として光源氏に引き取られた玉髪は、都を離れて田舎にいましたから、都に来てはじめて、「物語」というものに出合ったのです。玉鬘は、「物語」がおもしろくておもしろくてしかたがなくて、でも、光源氏にはそれがつまらないのです。ですから、八つ当たり半分に「物語の悪口」を言います。

光源氏の時代に、「出版社」なんかありません。「印刷」という方法だってありません。本というものは、全部手書きです。他人の持っている本を読みたかったら、それを借りてきて読むしかありません。他人の持っている本がほしかったら、それを一冊ずつ全部手で書き写すしかないのです。田舎で暮らしていた玉鬘は、まず「本」というものに出合えなかったわけですから、それに出合えて興奮するのは当然です。乳母の一家に養われて田舎で暮らしていた玉鬘は、当時の女性としては「とんでもなく波乱に満ちた人生」を送っていたということになるのですが、彼女の出合った「物語」の主人公であるお姫さまたちも、彼女と同じようにスリリングな人生を生きています。玉鬘が、「ここにいるのは私とおんなじ人だわ」と思うのも、むりはありません。今の女の子が少女マンガの主人公に自分を同化させたり、テレビドラマを我が事と思って見るのとおんなじなんです。

天下一の教養人は「マンガ」なんか読まない

光源氏は「絶世の美男」ということばかりが知られていますが、紫式部の書いた光源氏は、それだけじゃありません。それと同時に「天才的に頭のいい当時最高の教養人」というのが、紫式部の書く光源氏です。そういう人も、「中年になればセクハラおやじ」なんですから、ほっとするやら気がぬけるやらですが、でも、光源氏はマンガなんか読みません。光源氏は、「男のすること」だけじゃなくて、「女のすること」にもすぐれている人なんですが、ここで言う「女のすること」とは、「和歌の名手」であり、「かなの書の達人」ということで、「ひらがなで書かれた物語」という〝女性用の物語〟は、光源氏の守備範囲じゃありません。だから私は、「光源氏はマンガなんか読みません」と言うのです。光源氏だけじゃなくて、それは当時の「教養人一般」にも当てはまることです。

当時の教養のある男なら、ひらがなの「和歌」を上手に詠めたって、「教養」の中心はあくまでも漢詩や漢文です。私の書いた『窯変源氏物語』の光源氏が「漢字だらけのセリフ」を言うのはそのためですが、そういう「教養人」である男にとって、「ひらがなで書かれた物語」なんていうものは、「くだらないマンガ」と同じです。玉鬘の関心を「物語」に奪われた光源氏が「物語の悪口」を言うのは当然ですが、そもそも光源氏は、「物語」というものを「くだらないもの」と思っているのです。「男というものはそういうものだ」と思うからこそ、『源氏物語』という「ひらがなで書かれた物語」の作者である紫式部は、わざわざ光源氏という「当時最高の教養人」の口を使って、「物語の悪口」を言わせているのでしょう。

## 6 「物語嫌い」の光源氏も、『今昔物語集』なら読むだろう

### 「物語」は、すべて「むかしむかし」で始まる

ところでしかし、「物語の悪口」を言う光源氏は、その「物語」のことを「こうした昔の話」と言っています。「昔の話」というのは私の訳で、これは「こうした昔物語」ということです。当時は、「物語」のことを「昔物語」とも言いました。物語の舞台となるのは全部「昔」で、「物語」とは、すべて「昔物語＝昔の話」だったのです。おとぎ話の始まりは「むかし、むかし、あるところに」ですが、「物語」の語り出しだって、これと同じなのです。

『源氏物語』の始まりは、「いづれのおほむときにか――いづれの御時にか」です。「どの帝の御代だったか」と、「遠い昔の話」にしています。『伊勢物語』の始まりも、「むかし男ありけり――昔、男がいたとさ」です。『竹取物語』の始まりは、「いまはむか

し」で、『今昔物語集』は「漢字＋カタカナ」版の「今ハ昔」です。「今は昔」――すなわち、「今となっては昔のことだが」という意味です。英語でも、おとぎ話は「むかし《ワンスアポ》むかし《ンナタイム》」で始まりますが、一体なんだって「物語」というものは、こんなにも「昔」が好きなんでしょう？

「昔のこと」は、すべて「本当」である

「物語」が「今となっては昔のことだが」で始まるのは、「これは本当のことだ」と言いたいからです。なにしろそれは、「昔にあった話」なんですから、「本当にあった事実」です。そうでしょう？　「今は違うかもしれないが、昔はこうだった――」で始まる「物語」は、形の上ではみんな「事実の出来事」なんです。それだもんだから、まともなインテリである光源氏は怒るのです。「虚妄の言としか思えぬものを書き連ね、遂には人に〝成程〟などと言わせてしまう。そこに至るまで、偽り言の手を止めない」

――怒っているでしょう？

「本当のことを書かなきゃいけないのに、平気で恥知らずにも〝嘘〟を書いている」

――光源氏が「物語」を嫌ってバカにしている原因はここです。じゃ、なんで光源氏は、それを「嘘」だと思うのか？　現実の社会を知っている男である光源氏は、「こんなことはありっこない」と思うんでしょうね。じゃ、光源氏は、神様や仏様や伝説のたぐいを信じないんでしょうか？　そんなことはありません。六条の御息所《みやすどころ》の生き霊にたたられる光源氏は、住吉《すみよし》明神の助けだって受けていますし、須磨の海底に住む龍神に狙われたりしています。「物語」を読んで「こんなことはありっこない」と思う光源氏は、そういう体験をしているんです。おまけに、当時の教養人である彼は、いたって信仰深い人ですから、神様や仏様にまつわるエピソードを信じていて、知っています。

神様や仏様をまつる神社や寺の由来を「縁起《えんぎ》」と言います。神社とか寺というものの多くは、「そこに神や仏が現れた」という起源を持っているものですが、その由来を書いたのが「縁起」です。当然光源氏はそれを読んでいるでしょうから、彼は「その昔、この寺にはなんとか菩薩《ぼさつ》がお姿を変えて出現なさって」という伝説のたぐいをいくつも知っています。「いくつか知っている」どころではないでしょう。当時最高の教養人なら、そんなものは「全部知っている」かもしれません。そして、そういうものを「知っている」のなら、信仰あつい昔の人の常として、光源氏は、そういうものを「事実」として信じているのです。女性向けの「物語」という「昔の事実」を読んで、「こんなことはありっこない」と怒る光源氏は、どうしてそういう「伝説」のたぐいを信じちゃうんでしょうか？

理由は一つ。そういう「縁起」が、みんなむずかしい漢文で書いてあるからです。「漢文でわざわざ〝嘘〟を書く人間はいなかろう」と思って、「白髪三千丈」式の文章表現を疑わないのが、昔の教養人というものです。

漢字とカタカナで書かれた『今昔物語集』は、みんな「本当の話」である？

「今ハ昔」で始まる『今昔物語集』は日本の代表的な「説話文学」ですが、「説話文学」は、嘘だらけの「物語文学」とは違って、みんな〝事実〟なんです。『今昔物語集』ができたのは、『源氏物語』の百年ぐらい後ですが、もしもこれが光源氏の目の前にあったら、光源氏は怒らないで読んだでしょう。とんでもなく頭のいい光源氏ですから、もしかしたら『今昔物語集』のエピソードを全部暗記していて、「不思議だが、以前にはこんなこともあったのだ」と、『今昔物語集』のエピソードを人に披露していたかもしれません。きっとそうするでしょう。なぜかと言えば、「説話文学」とは、民間に伝わる「事実の伝承」を集めたものだからです。その証拠に、『今昔物語集』は、みんな「カタカナ＋漢字」の書き下し文で書かれています。これは、「嘘にだまされやすい女」が書くものではなくて、「しっかりと事実ばかりを書き留める男」の書くものだったからです。

『今昔物語集』の中身は、いくつもの短い話が集められたものですが、この一つ一つの短編物語につけられたタイトルは、みんな漢字です。芥川龍之介の書いた『羅生門』の原典になったと言われている話のタイトルは、「羅城門登上層見死人盗人語」です。読めますか？　この漢字の列は「漢文」なんですから、ここに書かれているものは、「警察の事件調書」のような公式文書に近いものなんです。漢字を本筋の教養とする光源氏なら、これを「ウソのかたまり」とは言わないでしょう。

そう言えば、昔の憲法の条文や警察の調書は、みんな「漢字＋カタカナ」で書かれていました。どうやら、「漢字＋カタカナでなければ本当らしくない」というのは、日本の隠れた伝統なんです。

## 芥川龍之介は、「羅城門登上層見死人盗人語」をなんと読んだんだろう?

さて、『羅生門』のタイトルです。芥川龍之介は、「羅城門登上層見死人盗人語」をなんと読んだんでしょう? 「羅城門登上層見死人盗人語」という漢字の列を、うっかり順序通りに読んでしまうと、「羅城門に登って上層を見ると死人と盗人が語っていた」なんてことにもなりますが、もちろんそんなのは間違いです。

この漢字の列は「漢文」なんですから、まず言葉を区切って順序を入れ換えるということをしなければなりません。意味に従って区切ると、「羅城門、登上層、見死人盗人、語」になって、これを「羅城門、上層登、死人見盗人、語」と入れ換えます。

これをどう読むか? ある専門家は、「羅城門《らせいもん》ノ上層《うはこし》ニ登《のぼ》リテ死人《しにん》ヲ見《み》タル盗人《ぬすびと》ノ語《こと》」と読みます。別のある専門家は、「羅城門《らしやうもん》ノ上層《うへのこし》ニ登《のぼ》リテ死《しに》シ人《ひと》ヲ見《み》タル盗人《ぬすびと》ノ語《こと》」と読みます。人によって読み方は違います。この複雑さは、「平安時代の人たちは、この漢字をどう読んだのだろう?」と、専門家たちが首をひねった結果ですが、『今昔物語集』は、そういう難解なタイトルがついている「説話《おとぎばなし》文学」なんです。

今じゃ、「『今昔物語集』はホントだが、『源氏物語』はウソだ」なんて言う人はいません。でも昔は、そうじゃなかったんですね。「漢字＋カタカナ」で書くか、「ひらがなだけ」で書くかは、内容の「ウソ・ホント」にまで発展してしまう、とんでもない区別だったのです。そういうとんでもない〝壁〟があって、「漢字」というロミオと「ひらがな」というジュリエットは、なかなか一つになれなかったのです。

# 第五章　「わかる古典」が生まれるまでの不思議な歴史

## 1 「普通の日本語の文章」が登場する鎌倉時代は、日本文化の大転換期

### 鎌倉時代には「なにか」が変わる

鎌倉時代の終わりになると、「漢字＋ひらがな」という、我々の知る「普通の日本語の文章」が、やっと登場します。兼好《けんこう》法師の『徒然草《つれづれぐさ》』や、『平家物語』がそれです。やっと「わかる古典」の登場なんですが、一体なんだって「漢字」と「ひらがな」をドッキングさせるだけの作業に、そんなに時間がかかったんでしょう？

おおよそのことで言えば、兼好法師が「漢字＋ひらがな」の「和漢混淆文」で『徒然草』を書くのは、鴨長明が「漢字＋カタカナ」の「和漢混淆文」で『方丈記』を書いた百年後です。「漢字＋カタカナ」の『方丈記』が登場するのは、「漢字＋カタカナ」の「書き下し文」による『今昔物語集』の百年後で、「漢字＋カタカナ」の『今昔物語集』

が登場するのは、「ひらがなだけ」の『源氏物語』が登場する百年後です。「ひらがなだけの複雑な物語」である『源氏物語』は、「ひらがなだけのシンプルな物語」である『竹取物語』の登場する百五十年ばかり後で、さらに言えば、漢字だけでかな文字を表現した「万葉がな」による『万葉集』から『竹取物語』が生まれるまでにも、百年がかかっています。なんでこんなに時間がかかるんでしょう？　漢字をくずして「ひらがな」を作る作業に時間がかかるのならまだわかりますが、既にできている「ひらがな」と「漢字」をドッキングさせるのに、なんでそんなに時間がかかるんでしょう？「漢字」と「ひらがな」をドッキングさせる作業は、「教養ある大人の男が平気でマンガを読む」というようなもんです。「教養ある人はなかなかマンガなんか読まないし、教養のある人を納得させる質の高いマンガというのもなかなか生まれない」というようなもんなんですが、「漢字とひらがながドッキングした」ということは、「その教養ある大人の男がついにマンガを読んでしまった」ということです。そうでしょう？　鴨長明の『方丈記』から兼好法師の『徒然草』までの百年は、どうやら「大の男がマンガを読むのを当然とするのに要する時間」だったのです。

鴨長明は、平安時代の終わりから鎌倉時代のはじめの人。兼好法師は、鎌倉時代の終わりから南北朝時代にかけての人。つまり、その間にある鎌倉時代には「なにか」が起こっていた、ということなんです。

鎌倉時代に、京都の王朝貴族たちがやったこと

鎌倉時代は「武士の時代」です。平家を滅ぼした源頼朝が、鎌倉に幕府を開きました。鎌倉時代は「鎌倉の時代」なんですが、だからと言って京の都がなくなったわけじゃありません。ちゃんと京都に天皇はいますし、貴族だっています。京都は日本の〝首都〟のままで、貴族たちの王朝文化は滅んだわけじゃなくて、ちゃんと健在のままでした。『新古今和歌集《しんこきんわかしゅう》』というすばらしい和歌集もこの時代の京都で生まれました。『紫式部日記絵巻』とか、『枕草子絵巻』というのも、この時代の京都で描かれたものです。あの有名な『小倉百人一首《おぐらひゃくにんいっしゅ》』だって、この時代に作られました。

京都で、王朝文化は健在でした。あるいは、京都ではますます王朝の文化が健在でなければなりませんでした。その理由は、政治の実権が鎌倉に移ってしまったからです。

平安時代の貴族は、なんにもしませんでした。皮肉ではなくて、ほんとになんにもし

なかったのです。公式使節を中国へ送る「遣唐使《けんとうし》」だって、平安貴族はめんどくさがってやめてしまいます。それで中国からの影響がなくなって、十二単《じゅうにひとえ》をはじめとする平安時代の「国風文化」が生まれたのです。ウソじゃありません、ホントのことです。

それまでの日本の政府は、「歴史」というものを作っていました。『古事記』『日本書紀』以来、日本の政府はずーっと時代ごとに「歴史」という公式記録を作り続けていましたが、それも平安貴族はやめてしまいました。平安時代の貴族というのは官僚で、「国家公務員」なんですが、この人たちは「国家の公式記録を系統立てて作る」ということをしませんでした。そういうことをめんどくさがってやらなかったので、平安時代のことは、「人事異動の記録」以外、ほとんどなんにも残っていません。平安時代のことを知りたかったら、当時の貴族たちが書いた「日記」という政界メモを調べるしかないんです。「男もすなる日記を女もする」のはいいんですが、「日記を書く前に公式記録ぐらい残しといてくれ」と言いたいようなもんです。

平安貴族がやったのは、「自分たちが楽しむ」ということと「組織内の出世競争」だけで、あとはなんにもしませんでした。「趣味と人事異動とお祭り」それと「恋」だけで生きていたのが平安時代の国家公務員です。食料不足のくせにパレードばっかりやっている、どっかの国と似ています。「酒飲んで社内の噂話しかしないサラリーマン」というのも、平安時代からの伝統でしょう。つまり、「文化だけはあったけれども、あとはなんにもなかった」というのが、平安時代なんです。ものの見事に、「平安な時代」でした。

そのノンキな時代が崩れて、「武士の時代」がやってきます。なんにもしなくてもエラソーにしているのが貴族なら、武士というのは「戦うもの」です。戦ったら、貴族は武士に勝てません。実際に、後鳥羽上皇《ごとばじょうこう》という京都の貴族勢力の中心にあった人は鎌倉幕府に戦いを挑んで負けました。それが、「承久《じょうきゅう》の乱」です。貴族と武士が戦っても勝てっこありません。でも、たった一つだけ貴族にも勝てるものがあります。それがなにかと言ったら、平安貴族のたった一つのとりえである「文化」でした。

鎌倉時代に、京都の貴族たちは鎌倉幕府を中心とする関東の武士たちを、「東夷《あずまえびす》＝東の野蛮人」と呼んでいました。悪口も「文化」です。こういうことには京都の貴族たちも年期が入っていますから、得意です。「野蛮人」なんだから「文化」なんか知らない。だから、「いいだろう」とばかりに「すばらしい文化」を見せつければ、京都の貴族たちは関東の武士たちに勝てるのです。「文化」というものは、戦いに勝てない王朝貴族たちがひそかに関東の武士たちに送りこんだ「刺客」のようなものだったのです。

それが、「もう一つの鎌倉時代」なのです。

この時代に京都の王朝文化が盛んになるのは当然です。だって、それをしなかったら、京都の貴族たちは、もうほんとに絶滅するしかなかったからです。

## 2　鎌倉時代はこんな時代

『新古今和歌集《しんこきんわかしゅう》』を作った後鳥羽上皇《ごとばじょうこう》は、文武両道の人

「三種の神器《じんぎ》」というのがあります。「皇位継承の印」とされるもので、鏡と曲玉《まがたま》と剣《つるぎ》の三点セットです。ところがしかし、このうちの「剣」は、壇の浦の合戦の時に海に落とされて、そのままになってしまいました。源平の合戦の時、安徳《あんとく》天皇を連れて西に逃げた平家の一門が、幼い安徳天皇を抱いて海に飛びこむ時、三種の神器も一緒に持っていってしまったからです。平家追討《ついとう》軍の総指揮官・源義経《よしつね》は、この三種の神器を必死になって探しました。これがないと、次の天皇が即位できなかったからです。「八咫《やた》の鏡」と「八尺瓊《やさかに》の曲玉」は海の中から見つかりましたが、残る一つの「剣」――スサノオのミコトが八岐《やまた》の大蛇《おろち》の中から見つけ、ヤマトタケルのミコトが使ったと言い伝えられる「天叢雲《あまのむらくも》の剣《つるぎ》」あるいは「草薙《くさなぎ》の剣」と呼ばれるものは、ついにそのままになりました。

それ以来「三種の神器」は「二種の神器＋1」になっているのですが、その剣を欠いたまま即位したのが、後になって鎌倉幕府に戦いをしかける後鳥羽《ごとば》上皇となる天皇です。

後鳥羽天皇は、壇の浦に沈んだ安徳天皇の腹違いの弟で、即位したのは三歳の時でした。兄の安徳天皇は、二歳で即位して七歳で死にました。この時代の天皇は、ただの「シンボル」ですから、子供でもかまわないのです。ところが幼くして位についた後鳥羽天皇は、成長するに従って、時代が武士のものになっていることを知りました。しかも、天皇として位についている自分は、「剣」というものを持たずに即位した天皇なのです。後鳥羽天皇の中になにかが起こりました。

後鳥羽天皇――後に譲位して後鳥羽上皇は、『新古今和歌集』の編纂《へんさん》を命じた文化的にもすぐれた人なのですが、この人はその一方で、「武」の方にも強い関心を持ちました。刀をなくした天皇は、「刀作り」という趣味に走ったのです。「刀」を持つのは、もちろん戦うためです。後鳥羽天皇は、「相撲」という格闘技にも大いなる関心を示しました。「文武両道」という言葉はあって、それ以前にも「和歌を詠む武士」というのはいましたが、「戦いにのめりこんだ和歌の名人」という形の文武両道は、この人が最初です。

「武士の時代の帝王は武にもすぐれていなければならない」ということなのでしょうが、「武」に走った帝王は、「承久の乱」というものを引き起こして負けました。隠岐の島に流されて、それでも後鳥羽上皇は、一人で『新古今和歌集』を「ああだ、こうだ」といじくり回していました。『新古今和歌集』は、「国家が作る和歌集＝勅選和歌集」です。後鳥羽上皇の中には、「朕《ちん》は国家なり」という考えがあったのでしょう。「オレの作る和歌集に気に入らない人間の和歌は入れない」とばかりに、鎌倉方と仲のよかった歌人の和歌を削ってしまったという話もあります。「武を取り上げられても、オレにはまだ文がある」というところが、さすがに筋金入りの王朝文化の継承者です。

鎌倉時代には、そういう「王朝文化の人」もいました。

鎌倉幕府をひきいる女豪傑・北条政子《ほうじょうまさこ》

京の都には、そういう厄介な「文化の人」もいました。こういう人に戦いを挑まれた鎌倉幕府を指揮するのは、男ではありません。「女」の北条政子《ほうじょうまさこ》です。平安時代の女性はもっぱら「文化」の方で有名ですが、鎌倉時代の女は、がぜん「政治の人」です。北条政子が書いた「日記」とか「和歌」なんて、聞いたこともありません。

北条政子は、もちろん、鎌倉幕府の創設者・源頼朝の正夫人です。正夫人なのになんで苗字が違うのかと言えば、江戸時代になるまで、日本は男女別姓が当たり前だったからです。「男女別姓は男女平等のあかし」かもしれませんが、しかし、その昔の「男女別姓」は、「父親の名前を受けた男」と「父親の名前を受けた女」のカップルでしかありません。源頼朝は、京都から流れてきた「源氏の血を引く男」で、北条政子は、関東の地に根を張る豪族の娘でした。北条政子の父親・北条時政《ときまさ》の援助がなければ、源頼朝だって歴史には名前を残せなかったのです。男女別姓だからよかったのですが、このカップルは、「北条頼朝・政子」になるようなカップルでもあったのです。源頼朝は、「磯野家のマスオさん」です。

源頼朝は、北条氏やその他の関東の豪族たちの助けを得て、平家を倒しました。そして、北条氏やその他の関東の豪族たちの要請を受けて、鎌倉に武士たちの政権である幕府を作りました。鎌倉幕府の初代将軍は源頼朝ですが、鎌倉幕府というのは、どちらかと言えば、そのバックにいた「北条氏の政権」なのです。頼朝が死んだ後に北条政子が頑張るのは、当然のことでしょう。

ところで、源頼朝の「死因」というのを知っていますか？　女好きの頼朝は、夜中に若い女のところに訪ねて行って、そこの護衛の男に「誰だ！」と声をかけられて、それに答えなかったので切られてしまった――という説があるんですよ。鎌倉幕府の公式見解は、「落馬による死」ですがね。

源頼朝は、女好きでした。しょうがないですね。若い時に父親に死なれ、母親とも別れて、やって来た伊豆の土地では、「妻の一家」のやっかいになっているんですからね。頼朝は女好きで死にました。跡を継いだのは、息子の源頼家《よりいえ》です。この人は乱暴で、おまけに、くっついた女が悪かった。「妻の言うこと」を聞いて、北条政権を歪めようとする。「嫁と姑の対立」と言うよりは、「両家の親の対立」ですが、頼家の父親は死んでいるんですから、この対立の前には「お母さん」が出てきます。「お母さんの言うことを聞けないの？　だったら死んでおしまい！」で、頼家は暗殺されてしまった。「死んだ亭主は浮気ばっかりしていた。上の息子は嫁にだまされた。ほんとにあたしはどうしたらいいの！」と怒鳴っているお母さんはどこかにいそうですが、北条政子はそういう「お母さん」でした。

上の息子は死んじゃった――というか、殺しちゃった。「じゃ、お父さんの跡継ぎはお前がおやり」という命令が、下の息子にくだります。そうして、文化史的には重要な「下の息子」の苦悩が始まるんです。「下の息子」――つまりは、鎌倉の三代将軍・源実《さね》朝《とも》の登場です。

源実朝は「おたく青年」の元祖

源実朝は、「和歌を詠む将軍」です。源実朝には『金槐和歌集《きんかいわかしゅう》』という彼自身の作品集があります。「東の野蛮人《あずまえびす》」と都の貴族たちに悪口を言われた関東武士の中で、「自分の和歌集」を持っているめずらしい人です。そういう実朝を、鎌倉の人があんまりよく言うわけがありません。「都かぶれ」というわけですね。

北条政子と折り合いの悪かった兄・頼家の妻は、「比企《ひき》氏」という関東の豪族ですが、実朝の妻は京都の上流貴族の娘です。「そういう人じゃなきゃやだ」と彼が言ったんですね。実朝が将軍になったのは十二歳、結婚したのは翌年の十三歳です。「十三でそういうことを言うか？」となったら言うでしょう。「もうホントにィ、お母さんの買ってくるのはダサイんだから、靴はナイキじゃなきゃだめだよ」という中学一年生なんて当たり前にいます。実朝はそういう少年だったんですね。

そういう実朝ですから、和歌はもうずいぶん若い頃から詠んでいたでしょう。和歌を詠んで、都会のおしゃれなお嫁さんをもらって、でも、実朝の住んでるところは「関東」というイナカなんです。まわりを見たって「和歌を詠む」なんて人はろくにいやしないんですから、源実朝は、もうほとんど、「ススんだ都会に憧れる田舎の中小企業の社長の息子」のようなもんです。

おじいさんは地主だった。そこに東京から大学出の男がやって来て、お母さんとくっついた。お父さんとお母さんは、田舎じゃめずらしい事業を始めて、おじいさんの後押しもあって、事業は見事に成功した。家は金持ちになって、人はいっぱいやってくるけど、みんな「イナカの人」で、ろくな人間はいない。お父さんやお母さんは仕事の関係で時々東京に行くけども、帰ってくると「ああ、疲れた。ほんとに東京は疲れる。なんでトカイの人はああかね」と、東京の悪口ばっかり言ってる。お父さんは「仕事だ」と言ってあんまり家にはいないけれども、どうも浮気をしているらしくて、お母さんの機嫌はあんまりよくない。「家は兄さんが継ぐから、ボクは遊んでりゃいいや」と思っていたら、お父さんが死んだ。お兄さんが家の跡を継いで社長になったのはいいけど、お兄さんはお母さんと仲が悪い。どうも、お兄さんは、お母さんよりも自分のお嫁さんの一族と仲がいいらしくて、おじいさんなんかは、「あいつらは会社を乗っ取ろうとしてる」と言っている。そしたら、そのお兄さんが死んでしまって、弟のボクが社長になることになった。会社のことはおじいさんとお母さんと、それからお母さんの弟の叔父さんの三人でやってるから、ボクはべつになんにもしなくてもいいんだけど、でもお母さんたちは、「もう一人前で社長になったんだから、結婚をしろ」と言う。ボクはしてもいいけど、やっぱりお嫁さんになるんだったら、東京の人じゃなきゃやだ。だってここらの女はダサイんだもん――というのが、「悲劇の三代将軍」源実朝です。

この配役は、お父さん＝源頼朝、お母さん＝北条政子、おじいさん＝北条時政、お兄さん＝源頼家、叔父さん＝北条義時《よしとき》という豪華キャストですが、このホームドラマはまだ続きます。

ボクは社長になったけれども、会社の実権はおじいさんとお母さんと叔父さんが握っていて、「ボクはべつに会社のことなんか関心ないからそれでいいんだけど」と思っていたら、今度は、おじいさんがお母さんや叔父さんと親子喧嘩を始めた。原因は、おじいさんが再婚した若いおばさんで、ボクにとっては義理のおばあさんに当たる人が、

「自分の娘婿にいい子がいるから、この子を社長にしましょうよ」と言い始めたからだ。お母さんと叔父さんは、「とんでもない！」と怒って、おじいさんを追い出してしまった――ということになります。こういう家庭環境に育った子に、周囲の人間が「まとも」を要求したって無理でしょう。結局、源実朝は二十八歳の年に暗殺されてしまうんですが、「悲劇」というのは、「彼の育った環境」でしょうね。

彼は、「自分の現実」にそっぽを向いて、「ススんだ都会の文化」である和歌に生きがいを見いだすしかありませんでした。「お飾りの将軍」だった彼は、それをしても許される立場にいました。そしてまた同時に、彼のまわりには、彼のことを理解してくれる人なんか一人もいなかったのです。

平安時代には、こんな人はいません。身分が高かったら、「文化」という趣味に生きるのが当然だったのが平安時代なんですから、和歌に凝っていれば、まわりからほめられました。でも、源実朝は、まわりから「困ったもんだ」とあきれられていたんですね。「文化」というものが京都だけに限られて、その「文化」を享受するのが京都の貴族だけに限られている時代だったら、源実朝みたいな人は生まれません。源実朝は、その後に登場する「文学にしか自分の生きるよりどころを見いだせない」という文学青年の最初で、「おたく青年」の元祖なんです。源実朝以前に、こんなにわかりやすい「現代青年」は、日本に存在しません。鎌倉時代というのは、そういう「現代青年」を生み出してしまった、日本文化の大転換期だったんですね。

## 3　どうして「古典」というと、平安時代ばかりが中心なのか？

### 源実朝の和歌に人気がある理由

源実朝の和歌はわかりやすく明快で、「万葉ぶり」と呼ばれています。

《箱根路《はこねぢ》をわれ越えくれば伊豆《いづ》の海や
　沖の小島に波の寄る見ゆ》

この歌は、彼の最も有名な作品でしょう。とってもわかりやすいです。「箱根路を私が越えて来たら伊豆の海だよ、沖の小島に波が寄せるのが見える」――なんてわかりやすいんでしょう。でも、「万葉ぶり」というのは、ただ「単純でわかりやすい」ということじゃありません。「箱根路をわれ越えくれば」とか、「伊豆の海や」「寄る見ゆ」というったところにある、当時としては古風な表現が、『万葉集』のおおらかさを彷彿《ほうふつ》させるということです。

源実朝の和歌は、表現が率直です。「男性的」で、古風な表現がぴったりとはまるような明快さを持っています。そして、源実朝の歌には、関東の人間になじみのある地名が出てきます。私は東京の出身ですが、中学生くらいの頃、学校で伊豆の方にバス旅行なんかに行ったりして海が見えると、バスのガイドさんが、実朝のこの歌をマイクで紹介することになってました。「沖の小島に波の寄る見ゆ〜」と言われて窓の外を見ると、ちゃんと沖の小島に波が寄せてるわけで、こんなに伊豆箱根地方の観光旅行にマッチした歌はありません。首都東京に住むものにとって、実際の景色と古典文学の情景が一致するなんていうのは、源実朝以前にはないのです。源実朝の歌の親しみやすさには、そんな理由もあるのです。

「地方蔑視」は、平安時代に生まれた

平安時代よりも前の奈良時代にできた『万葉集』には、「東歌」と呼ばれる中部・関東地方以北の歌がたくさん収められています。でも、そういうふうに「地方」が評価されたのは『万葉集』の時代までで、日本の古典文化の黄金時代である平安時代になると、事態は一変します。文化の中心地は京都で、それ以外にはあ、り、ま、せ、ん。「人間が住むに値する」と思われる場所は京都だけで、それ以外の場所は「ない」に等しいんです。都での権力闘争に敗れた『源氏物語』の主人公・光源氏は、自分から進んで須磨の地に身を退けます。今じゃ「神戸市須磨区」ですが、当時の京都と須磨は死ぬほど離れていたんですね。新幹線を使えば、この距離は「あっと言う間」です。「昔は新幹線がなかったから、京都と須磨は離れていたんだろう」と思うかもしれませんが、当時だって、馬で日帰りができる距離だったんです。でも、「この世の果てのように遠い」と、光源氏も思っていたし、京都に住む他の人たちも思っていました。どうしてかと言えば、「京都以外には文化がない。まともな人間の住むところじゃない」と、当時の文化をになっていた貴族社会の住人たちが考えていたからです。

須磨から帰ってきて、都で栄華の頂点を極めた後になっても、光源氏は「あの頃はやだった、須磨はやだった」と文句を言っています。今の人だったら、「都会の喧噪を離れて一人自然の中にいた時期を、人生のピークを極めた今になって懐かしく思い出す」というようなことになるはずですが、平安時代の人間には、そういう発想がないんですね。

前の章でも言いましたが、同じ『源氏物語』に登場する玉鬘《たまかづら》は、両親が死んだ後、乳母の一家によって九州で育てられますが、当時にそんなことをしていたら、もう「数奇な過去をしょっている」です。「田舎を知っている」になったら、もうそれだけで「生まれが悪い」だったり「身分が低い」になってしまうのが平安時代で、日本の「地方蔑視」は、そういう平安時代にできた「京都中心文化観」のせいなんです。日本の古典が「平安時代中心」にかたよりすぎているわけ

私はこの本の中で「日本の古典の話」をしているんですが、私の話のもっていきかたは、普通とはちょっと違います。平安時代までの古典の話はほんのちょっとで、「鴨長明以後」の鎌倉時代の方が、ずっとくわしくなっています。「平安時代の話」をするのでも、中心は、「鎌倉時代にできた和漢混淆文」にあります。「日本の古典」ということになると、どうしても「中心は平安時代」ということになって、読みにくい「ひらがなの文学」ばかりが持ち上げられます。日本の古典文学の基本が平安時代に作られて、平

安時代が「古典文学の黄金時代」であることは事実なんですが、私はやっぱり、「異様なまでの平安時代偏重」にちょっと異議を唱えたいんです。

「現代日本語の文章のルーツ」である「和漢混淆文」は、鎌倉時代の終わり頃にできます。だから、その頃の古典は「わかる」んです。「わかるもの」から入ってった方がいいのに、でも、どうもそうじゃない。いきなりわかりにくい『源氏物語』に行っちゃったりする。『源氏物語』だけじゃなくて、平安時代のものの方が、なんだかステイタスが高いように思われている。わかりやすい「和漢混淆文」で書かれた「わかりやすいもの」が、だんだん進化を重ねて「高級で難解な文学」になったというのなら、まだわかります。でも、そうじゃないんです。「平安時代が一番えらくて、その後の時代はだんだん古典が退化していく時代」だと、なんとなく思われています。最近ではそういう風潮もうすらいできましたが、でも、まだそういう「偏見」はあります。いったいそれはなぜなんでしょう？　一つには、平安時代に作られた、「都が一番えらい」史観のせいです。そして、「その考え方が、明治時代になって、もう一度復活してしまった」という、二番目の理由があります。

## 平安時代を歪めたのは、明治政府の事大主義

明治以後、日本の首都は東京になりました。「新しい西洋の文化」や「新しい近代の考え」は、この東京を中心にして全国に広がって行きました。明治の東京は、もう一度「都が一番えらい」を復活させてしまったのです。もちろん、「東京」になる前から、徳川幕府の中心地である江戸は、「将軍様のお膝もと」という形で〝日本の中心〟にはなっていましたが、でも江戸時代は、「お国自慢」という形で、日本全国が自分のところの特色を競っていた時代でもあるのです。

今の日本各地に残っている郷土の名産とか郷土自慢の多くは、江戸時代に作られたものです。江戸時代の江戸っ子は、「お江戸が一番」といばっていましたが、徳川家康が開発して作った江戸という町は、日本の中では「とても歴史の浅い町」なんです。江戸に比べれば「古い歴史」を誇る場所は、各地にありました。しかも、その各地の大名が、自分の支配地に「産業を興《おこ》す」ということをしました。江戸は政治の中心地で、後には「文化の中心地の一つ」にもなりますが、「永田町で誇れるのは国会議事堂だけ」という

のに近いものはあります。江戸時代には、日本各地が平等に「自分の土地」を誇れた――そうでなければ、「お国自慢」というものは生まれないのです。

その江戸時代が終わって、明治維新がやってきます。明治維新のことを「王政復古《おうせいふっこ》」とも言うのをご存じでしょうか？「武士の時代」は終わって、天皇＝王を中心とする政治が始まった――復活したから、「王政復古」なんですね。つまり、明治時代になって、日本は「武士の時代以前」に戻ろうとしたんです。「武士の時代以前」――つまり、平安時代ですね。それまではすたれていた「宮中行事」も、明治時代になると復活します。長い間の「武家支配」で、京都の朝廷は貧乏になっていましたから、「宮中行事」の中には復活のしようがないものはいくらでもありました。それを「復活させる」ということは「作り直す」ということで、明治時代になって作られた「平安時代のもの」は、いくらでもあります。つまり、新しい近代日本は、「平安時代の衣装を着て出てきた」ということもあるんです。「平安時代のもの」が異様にえらくなってしまったのは、この明治時代のせいなんですね。

なにしろそれは、「新しい国家体制の根本を作る衣装」です。へんにわかりやすかったり親しみやすかったりしたら、困るじゃないですか。明治時代は、「国家はえらい」

ということを国民の間に定着させて行く時代なんですから、その国家の中心をなす平安時代は、「えらくて重々しくて難解なもの」でなければならなかったのです。古典を難解にして平安時代を妙にえらそーなものにしてしまったのは、明治時代からなんです。だから、「古典はわからない」という考え方なんか、早く捨ててしまった方がいいんです。「古典は普通の人間にはわからないむずかしいものである」というのは、古い明治の考え方で、今の我々に必要なのは、「わかるものはわかる」でしかないからですね。

## 4　もう一人の「源実朝」

みんな、「わかりやすさ」に飢えていた

明治時代に起こったことは、「東京で関西中心の文化を高く評価する」ということです。だから、へんなことになりました。「吉野」とか「宇治」とか「須磨」「明石」、あるいは、「四条」とか「五条」とか「仁和寺《にんなじ》」とか「賀茂《かも》神社」とか、京都の人にとっては当たり前になじみのある地名を、東京で古典の勉強をする人間は、「教養」として知っておかなければならなくなったのです。肌で知っていることと、頭で勉強して知るのとでは、雲泥の差がありますが、そういうことを「知らなければならない」のです。古典のしきいが高くなってしまうのは、当然でしょう。「源実朝の和歌」は、そういう時代の中で再発見されるのです。

《箱根路をわれ越えくれば伊豆の海や

沖の小島に波の寄る見ゆ》

なんてわかりやすいんでしょう。ちょっと遠出をすれば、東京の人間にはその景色がそのまんま見えるんです。おまけに、源実朝の和歌は、平安時代よりもずっと古い『万葉集』の匂いを伝える「万葉ぶり」なんです。つまり、由緒正しくわかりやすいんです。なんてすてきなんでしょう。おまけに、平安時代の古典文学の作者は、ほとんど政治とは関係がありません。文学史の中だけの人なのに、源実朝は、鎌倉幕府の三代目将軍なんですね。

「歴史は暗記ものだから大変だ」と思っている人だって、「頼朝、頼家、実朝」の「源氏三代将軍」ぐらいは暗記しているでしょう。おまけに、実朝は暗殺をされていて、鶴《つるが》岡《おか》八幡宮には、彼を暗殺しようとした公暁《くぎょう》が隠れていたと伝えられる大いちょうの木だってまだ残っているんです。こんなに「わかる」ということに関して充実している文学者はちょっといません。

ということはどういうことなのか？　みんな、「わかりやすい」ということに飢えていたんです。

もう一人の「源実朝」を知っていますか？

《箱根路をわれ越えくれば伊豆の海や沖の小島に波の寄る見ゆ》は、とてもわかりやすい歌です。しかし、この「万葉ぶり」の源実朝は、一体どこが「おたく青年の元祖」なんでしょう？「おたく」というのは、もうちょっと複雑でややこしい心理をかかえているものなんじゃないんでしょうか？「おたく」というのは、「男性的」とか「単純」とか「明快」というのとは違うところにいるものです。「お嫁さんは京都のお姫さまじゃなきゃやだ！」というブランド志向の強い実朝と、《箱根路を――》の和歌を詠む実朝とは、全然違う人物じゃありませんか？なんかへんですね。

源実朝のもう一つの歌をあげましょう。これも、「万葉ぶり」です。

《大海《おほうみ》の磯もとどろに寄する波
　破《わ》れて砕けて裂けて散るかも》

どこが「万葉ぶり」かというと、最後の「かも」ですね。この言葉が『万葉集』っぽい。「大海原で波が砕け散っている雄大な光景」が、都のチマチマとした和歌と違って

『万葉集』っぽい――いかにも鎌倉の青年将軍だ、というところなんですが、本当にそうでしょうか？　これは、実朝の「男性的な面」を代表する歌として有名ですが、この和歌は本当に「雄大」でしょうか？　よく注意して見てください。

問題は、「波」です。「破れて」「砕けて」「裂けて」「散る」です。こんなにごてーねーな「波の表現」って、ありますかね？　なんか、「アブナイ」って感じ、しませんか？「破れて、砕けて、裂けて、散る」んです。なんか、ヤケクソって感じ、しません？　実朝のいた〝環境〟というのを考えてください。ずいぶんストレスがたまりそうな世界ですよね。そういう世界にいた若者が、「破れて、砕けて、裂けて、散る」なんて歌うのは、かなりのもんじゃないでしょうか？　どっかで、「死ね！　死ね！　死ね！　死ね！」という声が聞こえるような気がしませんか？

実はこの歌、「大海原の光景」を歌ったものであるのと同時に、彼の中にある「絶望的な心情」がそのまま歌になってしまったものなんです。「源実朝」は、そういう人でもあるんですね。

## 絶望の歌

《わが宿の梅の初花《はつはな》咲きにけり
　待つ鶯《うぐひす》はなどか来《き》鳴きぬ》

　これも源実朝の和歌です。「私の家では最初の梅の花が咲いた。鶯を待ってるんだけど、どうしてだろう、来て鳴かないんだ」——なんだか「すごい歌」でしょう。

　もう一つ。この歌には、《庭の萩わづかに残れるを月さし出でてのち見るに散りにたるにや花の見えざり》という詞書《ことばがき》き＝メモがついています。「庭の萩の花がまだ散らずに少し残っていたんで月が出てから見てみると、散ってしまったらしくて、花が見えなかった」という「ことわり書き」がついていて、こんな和歌があります——。

《萩の花暮々《くれぐれ》までもありつるが
　月出でて見るになきがはかなさ》

「それっぽっちのことで〝はかない〟なんて、こいつなにを考えてんだ？」と見る人もいるでしょう。でもこの歌は、とんでもなく「寂しい歌」ですよ。自分が大事にしていたものが、いつの間にかなくなっている――それを、ただ「ないんだ……」と思って見ている若者が、ここに一人いるんですね。その若者が「どういう人」かというと、こういう和歌を詠む人です――。

《はかなくて今宵《こよひ》あけなばゆく年の
　思ひ出もなき春にやあはなむ》

この人の「はかなさ」は、こういう種類のものなんです。「大みそかの歌」なんですね。「今夜が明けたら新年だ」という時に、彼はどういう「新年」を思い描いているのでしょう？　彼の思う「新しい年」は、「今年一年なんの思い出もなかった。〃なんの思い出もなかったな〃と考える新年が来るんだな」なんです。そんな「新年」が来る前の「一年の最後の夜」は、そりゃ「はかない」でしょう。この人の「孤独」の深さにぞっとしませんか？　これじゃまるで、小学生を殺した神戸の男の子ですよ。源実朝は、実は、そういうとんでもない寂しさを抱えていた人なんですね。彼のいた「環境」を考えれば、これも当然です。源実朝は、「おたくの元祖」なんです。「和歌以外に自分のことを訴える手段がなにもない」というのは、こんなことをさします。

## 『新古今和歌集』に憧れる源実朝

源実朝は「万葉ぶり」で有名ですが、ここにあげた彼の「絶望の歌」は、「万葉ぶり」なんかじゃありません。もっともっと繊細な都会人の歌です。それを言うなら、当時の都ではやっていた「新古今調」の歌ばかりです。だから、実朝の歌をけなす人は、「文化的に未熟な鎌倉に育った青年将軍は、都に憧れて、稚拙な新古今調の歌ばかり詠んでいた」などと言います。「実朝のよさは、田舎風の〝万葉ぶり〟にあるんだから、つまらない都会のまねなんかしなけりゃいいのに」という言い方です。しかし、こういう言い方は、都会に憧れる地方青年を一番傷つけるんですけどね。

鎌倉時代の貴族文化の一番すごいところを見せつける『新古今和歌集』は、源実朝が十五歳の時にできました。都会に憧れる実朝はこれが見たくて見たくてしょうがなくて、わざわざ京都の人に頼んで取り寄せたんです。もちろん「取り寄せる」と言ったって、印刷のない時代の本ですから、「人に頼んで写してもらう」ということをしなくちゃなりません。これは、「地方のマニア青年が、地元じゃ手に入らない何万円もするような豪華本をわざわざ取り寄せた」というのの何十倍何百倍も大変なことです。実朝が将軍だからできたことですが、そんなことをして鎌倉の人間たちが喜ぶかといったら、もちろんそんなことはありません。「またあんなことして……」です。でも、源実朝は、『新古今和歌集』の世界に憧れたんです。

## 5　『万葉集』か、『新古今和歌集』か

### 『新古今和歌集』の世界

「文武両道」の後鳥羽上皇が編集を命じた『新古今和歌集』は、当時の流行の最先端を行くような美学を集めたものです。当時の都会文化に憧れるのなら、「これをおいて他にない」というようなものです。ところが、この『新古今和歌集』の評価は、真っ二つにわかれます。「すごい美の世界だ」と言う人と、「あんなもの、千代紙細工の絵空事《えそらごと》だ」と言う人の両極端です。

『新古今和歌集』の時代の代表的歌人・藤原定家《ふじわらのていか》は実朝の和歌の先生でもありますが、その人はこんな歌を詠みました。

《春の夜の夢の浮橋《うきはし》とだえして
　峰にわかるる横雲の空》

「春の夜の夢の浮き橋がとだえて、山の峰にわかれる横雲の空だ」という歌です。訳しようがありません。訳すなんてことはやめた方がいいですね。ただ、「なんてきれいな世界なんだ」と、眺めればいいだけです。ただ、「眺めろ」って言われたって、なんにもわかんない人には「なんなんだ?」というだけですけどね。

この歌はなんなのかというと、「春の夜に眠りから覚めて空を見たら、山の向こうへ細い雲が流れて行った」です。内容なんか説明されない方がよかったでしょう? ますます、「だからなんなんだ?」です。ただ、こんな経験てありませんか? 「夜、夢から覚めた。どういう夢かは覚えていないんだけど、なんとなく全身がボーッとするようないい気分になっていて、眠ろうと思っても眠れない。それで、べつにそんなことをする気もなかったんだけど、空を見てしまった。そうしたら、夜中のなんにもないはずの空が、妙に澄んでいて美しくて、不思議にいい気分になってしまった」――こんな経験です。藤原定家の歌は、それを歌ってるんですね。「きれい」というのは、そんな時の「夜の空」です。「山の向こうに流れて行く雲」は、見ただけで覚えていない、いい気分の夢の名残りかもしれません。

絵空事の世界

「夢の浮橋」は、もちろん『源氏物語』の一番最後の帖名です。「夢から覚めた」じゃ芸がないから、「夢の浮橋がとだえた」と言ったんですね。まるで、空にそんな幻想的な橋がかかっているようにも見えますが、それは作者のテクニックです。結局は、ただ「夢がとぎれた＝眠りから覚めた」なんです。

「峰にわかるる横雲の空」は、「峰にわかれる空の横雲」です。「山の向こうに細長い雲＝横雲が流れて行く」ですむものを、この歌の作者である藤原定家は、わざわざ「横雲の空」なんていうシュールな表現をしてしまった。だから、わかりにくいんです。そうなると、「なんでそんなわかりにくいことをするんだ？　だから古典はやだ！」と怒る人も出てくるかもしれません。「『新古今和歌集』は嫌いだ」と言うのは、そういう人たちですね。でも、この歌に「夢の浮橋」とか「横雲の空」という表現を使わなかったら、それこそ、「なんだこれは？　〝寝て起きて空を見た〟になんの意味があるんだ？」になってしまいます。

「〝横雲の空〟というのはなんだ！　なんでわざわざそんなややこしいことを言う！」という文句は、当時のうるさ方からだって出ていました。でも、藤原定家は平気でした。彼は、当時の最先端を行く前衛芸術家だったから、保守派がなんと言ったって、へのカッパだったんです。もちろん私だって藤原定家の肩を持ちます。この歌に複雑なテクニックがなかったら、これは「なんの意味もない歌」にしかならないからです。「春の夜中に不思議な気分で目が覚めてしまった」という、その時の気分の〝不思議さ〟は、「まるで空に夢の浮橋がかかっているよう」で、空が「見たこともないような〝横雲の空〟になっていた」という表現でしか説明できないからです。「言葉のこじつけ」のような絵空事の世界には、絵空事の世界なりの意味があるんです。「今夜が明けて〝来年〟になっても、きっといいことなんかなんにもないな」と思って、ただ寒くてなんにもない大みそかの空を見ている源実朝なら、絶対にこんな「夢の浮橋」を見たいでしょうね。

## なんだかわからない世界

もう一つ、『新古今和歌集』の藤原定家の歌です。

《大空は梅の匂ひに霞《かす》みつつ
　くもりもはてぬ春の夜の月》

困ったことに、ここには「わからない言葉」が一つもありません。歌の内容もわからないわけではありません。でも、この歌は「なにがなんだかわからない歌」です。

春の夜に、梅の花が咲いているんです。満開なんです。戸を開けたら、どこもかしこも梅の匂いでいっぱいなんです。まるで夜空が梅の匂いで霞んでしまったみたいなんです。だから、空に月は出ていて、雲も出ていて、雲が月をおおい隠してしまいそうなんだけど、でもそうじゃなくて、「月がぼんやりしているのは、梅の匂いのせいだ――だから今夜はすてきだ」という歌なんです。

この歌には〝背景〟があります。「本歌取《ほんかど》り」というやつです。この歌の「本歌」は、『古今和歌集』にあるこの歌です。

《照りもせずくもりもはてぬ春の夜の
　朧月夜《おぼろづくよ》にしくものぞなき》

作者は、大江千里《おおえのちさと》という男性。「月がこうこうと照っているんじゃなくて、一面に曇っているんでもない、月がボーッと霞む春の夜の朧月夜は絶品だ」という意味ですが、まァ、それだけです。「だからどうした?」と言われりゃ、それまでです。でも、この歌は、とっても有名な歌です。知ってる人なら知ってます。春の朧月夜に出会った時、粋な人ならこの歌を口にしてしまいます。朧月夜というものには、なんだかキザなセリフを吐きたくなる雰囲気があるんですね。その雰囲気がわからない人には、ただ「お気の毒さま」と言うしかありませんが。

藤原定家は、この歌の一部をそっくりいただきました。「くもりもはてぬ春の夜の」というところです。大江千里の歌は、「照りもせず」と「くもりもはてぬ」がペアになっているから、「こうこうと照ってるんじゃない、曇りきってるんでもない、ぼんやりとした朧月夜——それがいい」でわかりやすいんですが、藤原定家の歌には、そんな対応がないんですね。だから、なんだかわからない——「くもりもはてぬ＝曇りきっているわけじゃない」なんていうややこしい表現、これだけ見せられたんじゃなんだかわかりません。ところが、その「なんだかわからないところ」が、この歌のミソなんです。

《大空は梅の匂ひに霞みつつ
　くもりもはてぬ春の夜の月》

なんだかわからない雰囲気の歌でしょう? 「この歌で詠まれている夜の天気は、晴れなのか、曇りなのか、霞が出ているのか、答えなさい」で、試験問題にだってなりそうです。ところが、この歌で詠まれているのは、「天気」じゃないんですね。「朧月夜の庭は梅の匂いでいっぱいだった」という、「梅の匂いのすごさ」を詠んだ歌なんです。「梅の匂いがあまりにもすごいんで、夜空がかすんで見えた」なんです。さいわいその夜は「朧月夜」だったから、実際に「夜空の月はかすんで見えた」なんですけどね。

重要なのは「梅の匂い」で、「梅の匂いにやられて頭がくらくらした」という歌です。頭がくらくらしてるんだから、「なにがなんだかわからない」――言われてみればまさにそのとおり、「くらくらする雰囲気が出ているよい歌である」が、この歌の〝鑑賞〟です。きっとそんなことを言う人はあまりいないでしょうが。

『新古今和歌集』か、『万葉集』か」論争の裏にあるもの

一体、なんだってそんな「わけのわかんない歌」を詠むのか？　「その夜は梅の匂いがすごかったから」です。あるいは、「梅の花の匂いには、きっとそんな妖艶な雰囲気がありますよ」ということを言いたいがためですね。「ボクの庭に梅が咲いたんだけど、

どうしてかな、鶯は来ないんだ」と嘆いている源実朝だったら、きっと「いいなァ……」と、ボーッとなりますね。「梅の花の匂いなんてかいだことがない」という人には、お気の毒なことに、無縁の世界ですけど。

藤原定家の歌は「梅の花の匂いのすごさ」を歌ってるんですけど、でも、この歌のやっかいなところは、「大江千里の歌」という「本歌」を知っているかどうかですね。「夢の浮橋」の歌じゃ『源氏物語』を知っていなきゃならない。日本の和歌のやっかいなところは、そういう〝教養〟を要求されるところです。「だから古典はやだ」と言う人は大勢います。そういう人たちにとって、源実朝の「万葉ぶり」の歌は、とてもわかりやすくていいんです。

なにしろ、『万葉集』は「日本で一番古い和歌集」なんですから、その前に「本歌」となるような「古い歌」はありません。『万葉集』には「本歌取り」なんてないんです。ところが、平安時代が終わって貴族文化が危なくなってきた鎌倉時代の『新古今和歌集』の前には、「王朝文化の精華」とも言うべき和歌が、ゴマンとあるんです。「歌うべきことは歌いつくしている」というぐらいのもので、そこに、「まだ歌うべきことはある！」という形で、『新古今和歌集』の時代の歌人たちは歌を詠むんですから、「本歌取りの花盛り」になります。教養がなくちゃ、『新古今和歌集』は読めないんです。「あーあ、古典はやだな。和歌なんてめんどくさくてやだな」と言う人にとって、一番いやな世界が『新古今和歌集』なんですね。「『万葉集』が一番いい」と言う人は、絶対に『新古今和歌集』なんか嫌いですよ。「『新古今和歌集』が好きな人」は、「『万葉集』もいいけど」と言いますけどね。「『万葉集』が一番いい」と言うえらい人がいたら、「ああ、この人もめんどくさい教養を要求する古典は嫌いなんだな」と思えばいいんです。それくらい多くの人が、「古典はやだな。和歌なんてめんどくさくてやだな」と思っているということです。べつに心配することなんてないんです。

いたって大胆な、ハシモト式古典読解法

私だって、この藤原定家の「梅の花の歌」に「本歌」があるなんて、知りませんでした。そんなこととは全然関係なく「なんなんだ、この歌の濃厚なわけのわかんなさは？」と思って、「そうか、これは梅の花で頭をやられた歌か」というところにたどりついたんです。さいわい私は、「梅の花の濃厚にエロチックな匂い」というものを知ってる人間ですから、「ばかみてー」とは思わずに、「うーん……、藤原定家って人はすごいな……」と感心したんです。べつに、古典は「教養」じゃないんです。だからきっと、私の和歌の解釈は、「間違ってはいないけど、いたって個性的——そんな解釈を聞いたことがない」というようなもんじゃないかと思います。

私は、べつに「万巻の書を読破した」っていう人間じゃなくて、行き当たりばったりで「へー」と言って感心してるだけの人間で、こういう私の最大のとりえは、「古典を恐れない」ってことなんですね。「へー」だけで古典に入ってったっていいんです。ただ、そういうことをやる人があんまりいないってだけです。だから、古典というものが「むずかしいもの」になっちゃうんです。

「行き当たりばったりで〝へー〟と言って感心してる」というのは、「道を歩いてたら梅の花が咲いていたので、〝あ、梅だ〟と言って眺めてる」というのとおんなじです。私は子供の頃、そうやってポカンと口を開けて梅の花を見ていた子供なんです。そのおかげで、「梅の花の濃厚にエロチックな匂い」というものを知っているんです。古典をわかるうえで必要なのは、「教養をつけるために本を読む」じゃなくて、「行き当たりばったりで〝へー〟と言って感心してる」の方なんです。ちなみに、この私は、「夜中に

〝へー〟と言って空を見上げてる人間」でもありますけど。

もちろん、私にも「理性」というのはありますから、「こういうオレってバカかもしんない」とは思うこともたびたびでした。でも、そのたびに私を救ってくれたのは、「日本の古典」という存在でした。だって、昔の人は、ポカンと空を見て「朧月夜にしくものはなし」って言ってたんですから。「それが〝日本の古典〟という文化なら、オレの態度はいたって正しいな」と思って、平気で「へー」と生きてきました。「教養」というものは、使うんだったら、こういうふうに強引に我が身に引き寄せる方向で使うべきですね――と私は思います。

「あしびきの山鳥の尾のしだり尾の」の意味

少しふざけたかもしれないので、ちょっとまじめにしめます。

「本歌取り」というと、どうも「無意味なテクニック」と思われがちです。だから、「『万葉集』にはそんな無用な技巧はなくていい」という声も出ますが、じゃ、こんなのはどうでしょう？

《桜さく遠山鳥《とほやまどり》のしだり尾《を》の
　ながながし日もあかぬ色かな》

これは、『新古今和歌集』のど真ん中にいる後鳥羽上皇の歌です。「『新古今和歌集』は、実質的には後鳥羽上皇の作品だ」と言われるくらいの「文武両道の天皇」は、いったいどんな和歌を詠んでいたのかといったら、こんな歌です。これが『万葉集』の歌の「本歌取り」だということはおわかりでしょう？

《あしびきの山鳥の尾のしだり尾の
　ながながし夜をひとりかも寝む》

柿本人麻呂《かきのもとのひとまろ》の歌です。有名なこの歌を見ると、「ほんとになに言ってんだかな」というか、いたって幸福な気分になります。「あしびきの」は、「山」にかかる「枕詞《まくらことば》」で、「山鳥の尾のしだり尾の」は、「長い」にかかる「序詞《じょし》」なんですね。つまり、「あしびきの山鳥の尾のしだり尾の」には、なんの意味もない。「山鳥の尻尾は長くたれている――だから〝長い〟」、ただそれだけです。この歌の意味は、ただ「えんえんと長い夜を一人で寝るのか……」だけです。なんだかわけのわからない言葉をえんえんと読まされてきて、意味はそれだけ。「え、そんな楽な解釈でいいの？」と、私は高校生だった昔に、喜びました。あんまり勉強が好きじゃなかったからです。

「人間の感情を素直に歌い上げる」はずの『万葉集』の中に、こんな冗談みたいなものが入っているなんて、なんだかとても嬉しくなりました。「あしびきの山鳥の尾のしだり尾の」だけで前半を終わらせてしまうなんて、「内容空疎の技巧本位の極み」みたいなもんでしょう？　それが「日本文化を代表するようなものの一つ」って、なんだか嬉しくありません？

「かも寝む」の「かも」は、辞書や文法の本を見ると、ややこしいことがいろいろと書いてありますが、要は、「その下にくる言葉を強める」です。つまり、「かも寝む」とは、「寝るのかよォ」ですね。「こんなに長い夜を一人で寝るのかよォ」が、日本を代表する天才的歌人・柿本人麻呂の「有名な作品」です。

「ああ、やだやだ」という気持ちが強いんでしょうね――それだから「かも寝む」と強めてるんですね。夜の長さにうんざりしている。そうすりゃ、「あしびきの山鳥の尾のしだり尾の」という、わけのわかんないつぶやきも出るでしょうね。だから、この歌は、「うんざりするような夜の長さを巧みに表現している」になりますね。きっと、誰もこんな〝解釈〟はしないでしょうけどね。

でも、「(また)一人で寝るのかよォ=かも寝む」は、「そういうブツブツが出てくる気分」じゃないでしょうか? 〝表現〟というのは、そういうものなんですね。「あしびきの——」以下の前半を「訳さないでいい」にしちゃうと、そういう「独り寝にまつわるうっとうしさとまぬけさ」が見えなくなっちゃいますね。「表現者」というものは、あんまり意味のないことはしないもんなんですよ。むずかしく言えば「無意味の中に意味がある」なんですが、自分の中にある「あーあ……、退屈だ」という気分を理解していたら、「よし、それをそのまんま歌にしよう」ということにはなるでしょう? この歌の前半は、「意味のない言葉をえんえんと並べるほど長く退屈だ」ということをちゃ、い、い、い、い、んと表現している、重要なものなんです。

後鳥羽上皇の「万葉ぶり」

ところで、後鳥羽上皇の歌です。

《桜さく遠山鳥のしだり尾の
ながながし日もあかぬ色かな》

「桜が咲いている、一日中ずーっと眺めていても飽きないな」という歌です。『万葉集』の柿本人麻呂の歌の後で、これを「くだらない、内容のない、技巧本位の歌だ」と言えますか？　私は、この歌を見ると、「後鳥羽上皇という人はすごい人だな」と思います。悠然とかまえて、一日中桜の前にすわってるんですよ。「いやー、いいなー、飽きないなー」と。こんなことできます？　その、見事な桜を目の前にした〝感想〟っていったら、ただ「飽きないなー」だけなんですよ。この歌は、それしか言ってないんですから、常人にはちょっと真似のできない芸当です。

『万葉集』の「あしびきの山鳥の尾の――」の人は、その「独り寝の夜の長さ」を持て余してるんですよ。でも、この上皇さまは、持て余してなんかいない。悠然とすわってます。そんな余裕は、常人にはないですよ。おまけに、単純にしてのんききわまりないこの歌には、ちょっとだけ〝技巧〟も入ってるんです。

柿本人麻呂は「あしびきの山鳥」ですが、後鳥羽上皇の歌は「桜さく・遠山鳥の」です。後鳥羽上皇の目の前では、桜が咲いてるんですが、山鳥は「遠い」んです。後鳥羽上皇は、当時の都で一番えらい人ですから、立派な屋敷の庭に桜の大木を植えさせて一人で眺めてるって事は可能です。山鳥がいるのは「山の中」なんですから、後鳥羽上皇のいるところからは「遠い」——つまり、「あしびきの山鳥の尾のしだり尾の」を「遠山鳥のしだり尾の」に変えただけで、「ただ長い」というのんきな雰囲気が、さらに豪華になるんです。寂しい山の中からは「遠い」んですからね。柿本人麻呂の歌って、違うでしょう？ 貧乏な一人住まいのすぐ裏に山があって、そこに寂しい山鳥がぼさーっとしてるみたいでしょう？ 「あしびきの」を「桜咲く」に変えて、そこに「遠」の一文字を持ってきただけで、雰囲気はガラッと変わるんです。それが〝技巧〟なんですね。「ああ、飽きない」でぼんやりすわってるだけの上皇さまは、とんでもなく頭のいい人なんです。だから私は、「こんな歌を詠む後鳥羽上皇というのはすごい人だな」と思うんですけどね。

この後鳥羽上皇の歌は、「万葉ぶり」だと思いますけど、『万葉集』なら、《桜さく遠山鳥のしだり尾のながながし日もあかぬ色かも》にしますね。でも、後鳥羽上皇は、そんなことをしません。源実朝は、わざわざ『万葉集』っぽい古風な言葉を使いましたけど、後鳥羽上皇はそんなことしません。それは、後鳥羽上皇という人の存在そのものが、もう「おおらかな『万葉集』そのもの」になっちゃってるからです。だから、そういう人の詠んだ歌は、「万葉ぶり」なんて言いません。後鳥羽上皇の歌みたいのは、「帝王ぶり」と言うんです。

## 6 古典の中には「人間」がいる

### 「武の上皇」と「文の将軍」

都の貴族社会の頂点に立つ後鳥羽上皇が「武の上皇」なら、鎌倉の武士社会の頂点に立つ源実朝は「文の将軍」です。この「文の将軍」は、華やかな都の文化に憧れた、脆弱とも言える「悲しい青年」。一方の、鎌倉の武士社会の頂点に立つ将軍を憧れさせた、華やかな都の貴族社会をひきいる「武の上皇」は、文の方でもとんでもなく「強い人」です。「鎌倉の将軍源実朝は、力強い万葉ぶりの和歌を詠んだ」と言われてますけど、彼の「万葉ぶり」だって、〝技巧〟の一つかもしれないんです。私はそうだと思います。源実朝は、『新古今和歌集』の技巧的で華やかな世界に十分憧れていましたし、華やかな『新古今和歌集』の中には、源実朝的な「悲しみの歌」というのも、ゴマンとあるのです。源実朝の見せる悲しさは、ある意味で「新古今の時代」の人たちの持つ「悲しみ」でもあるのです。

源平の合戦は終わって平和になったけれども、京の都は、もうかつてのような「日本の中心」ではない。〝中心〟を鎌倉に奪われた貴族のある者は鎌倉に従い、別のある者は、戦争の準備をする。鎌倉の方だって似たようなものです。鎌倉幕府を統率していた源頼朝が死んで、幕府の中では派閥争いが始まっている。おまけに、都の貴族たちは、「武士の時代」がやってきたというのに、相変わらず「贅沢」という既得権を放さない。都は鎌倉を憎んで、「どうやってあの田舎者をぶっつぶしてくれようか」と考えている。鎌倉は油断がならないし、「身内」のはずの武士たちだって油断がならない。平和を獲得したはずの世の中は、なんだか根本でへんなふうに揺れているのです。「なにをやっていいのかわからない、することがなくて不安だ」は、べつに源実朝だけじゃなかったんです。

こういう世の中に平気でいられたのは、「よーし戦争だ!」と言っていられる人たちだけですね。だから、北条政子は「夫をなくした悲しみの歌」なんて詠まなかったし、後鳥羽上皇だって悠然とかまえていられたんですね。

人生いろいろ、古典もいろいろ

源実朝の和歌の特徴は、「あまりにも正直でありすぎる」ということです。あまりにも正直で無防備すぎます。そういう彼なら、自分を装うための〝技巧〟というのに、すごく憧れたでしょうね。でも、正直すぎる彼に、その〝技巧〟は似合わなかった。彼に似合った〝技巧〟は、「飾らずにそのまんま」という「万葉ぶり」だけだったということでしょう。源実朝だって、実は〝技巧の人〟なんです。

源実朝の和歌の先生だった、華麗きわまりない世界を歌う和歌の天才・藤原定家にだって、それは言えます。藤原定家は、平安時代の歌人たちのほとんどがそうだったのと同じように、「貧乏貴族」でした。彼は、中島みゆきばりのすごい「恋の歌」もいっぱい詠んでいますが、「実生活ではほとんど恋愛経験がなかったはずだ」と言われています。そんなことより、「出世して生活を安定させる」の方で忙しすぎたんです。源実朝に「はー……、すてきだなァ……」というため息をつかせたはずの藤原定家は、源実朝とおんなじように、「なんにもない寂しい内面」を抱えていた人でもあったのです。

そして、そういう〝貧しい技巧の人〟たちを憧れさせる「技巧的な王朝文化の頂点」にいたはずの後鳥羽上皇は、もう〝技巧〟なんてものをほっぽり出して、ただ〝悠然〟でした。「この技巧に満ちた新古今の時代で、最も技巧にとらわれずおおらかだった人を一人あげろ」と言われたら、私は迷わずに「後鳥羽上皇」と言います。「難解で技巧的だからいやだ」というセリフは、『新古今和歌集』の頂点にいる人には通用しないんです。不思議なもんです。

でも、そういうもんなんです。「和歌というのは、人間の感情を核として生まれるものだ」と、『古今和歌集』の「かなの序」の中で紀貫之は言っていますが、和歌というのは、「学ぶべき教養」じゃなくて、「人間そのもの」なんです。そして、この「和歌」という言葉は、そのまま、「日本の古典」というものに置き換えられます。

日本人は、えんえんと長い時間をかけて、「当たり前の日本語の文章」を生み出す方向へと進んできました。そしてそれは、その時代その時代の「人間のありかた」そのものなんです。古典を読む時に一番必要なことは、「自分も人間、古典を書いたのも人間――だからこそどっかに〝接点〟はある」と思うことでしょうね。源実朝がこんなに「現代青年」だったということを、あなたは知ってましたか？　源実朝だけじゃなくて、紫式部だって清少納言だって、鴨長明だって紀貫之だって、藤原定家だって兼好法師だって、みんなその時代に生きていた、我々とおんなじ「現代人」なんですよ。だからこそ、日本の古典は、まだ生きているんです。そういうことを知らないと、損をしますね。

# 第六章　人間の書いた『徒然草』

## 1　「わかる古典」――『徒然草』

『徒然草』は、べつに現代語に訳さなくてもいい古典

やっと『徒然草《つれづれぐさ》』の出番です。「やっと」と言っても、べつに『徒然草』が日本の古典の最高峰というわけじゃありません。「やっとそのままでも読める古典が出てきた」ということですね。

《神無月のころ、栗栖野といふ所を過ぎてある山里に尋ね入る事はべりしに、遥かなる苔の細道を踏みわけて心ぼそく住みなしたる庵あり》

『徒然草』の第十一段です。なんとわかりやすい文章なんでしょう。「神無月《かみなづき》」とはいつか？　「栗栖野《くるすの》」とはどこか？　「はべり」という言葉の意味はなにか？　「庵《いほり》」というのはどんな建物か？　それは、辞書を引けばわかることです。わかりにくいところは、《心ぼそく住みなしたる》というところだけですが、これは、主語

を考えればわかるでしょう。「神無月のころ、栗栖野といふ所を過ぎてある山里に尋ね入」ったのは兼好法師で、「遥かなる苔の細道を踏みわけて心ぼそく住みなし」ているのは、兼好法師とは違う「庵の住人」です。「この庵の住人はきっと心ぼそく暮らしているのだろうなァ」と兼好法師には思えるような「庵」が、そこにあるんです。訳はかんたんにできそうですね。もしかしたら、これは「英語に訳しなさい」も可能な文章です。関係代名詞を使えばいいんですからね――「庵 which 遥かなる苔の細道を踏みわけて心細く住みなしたる」です。それくらい、この文章の構造は明快です。兼好法師の文章は、よく「近代の日本語の先祖」というような言われ方をします。つまり、兼好法師の文章は、現代人でもそのまんま読めるんです。「でもオレは読めない」なんてことは言わないでください。この「読める」は、「読める人だったら読める」ということなんですから。この文章の構造は、我々の知っている現代日本語とほとんど同じものですね。だから私は、この『徒然草』をわざわざ現代語に訳す必要なんかないんだと思います。

## 「わかる徒然草」と「わからない徒然草」

『徒然草』で一番有名なのは、その書き出しの「序段」でしょう。

《つれづれなるままに日くらし硯に向かひて、心にうつりゆくよしなし事をそこはかとなく書きつくれば、あやしうこそものぐるほしけれ》

これだけです。暗記している人は暗記しています。日本の古典の中で一番ポピュラーな文章の一つでしょう。じゃ、これを訳してみてください。できますか？

ところでしかし、『徒然草』のこの冒頭の文章は、一番試験問題に出にくいところです。なぜかというと、あまりにも有名すぎるからです。この文章の〝意味〟は、多くの人が知っています。知っているから、いまさら試験問題にはしにくいんですが、しかしこの有名な文章は、実のところ、とても訳しにくいんです。「意味はわかる、でも正確には訳しにくい」――それがこの文章です。そうでしょう？

一体この文章のどこが、むずかしくて訳しにくいのか？　一番最後の「あやしうこそものぐるほしけれ」ですね。「退屈で退屈でしょうがないから、一日中硯《すずり》に向かって、心に浮かんでくるどうでもいいことをタラタラと書きつける」――そうすると、「あやしうこそものぐるほしけれ」になるんですね。この「あやしうこそものぐるほしけれ」を、どう訳します?

《あやしうこそものぐるほしけれ》をどう訳すか?

『徒然草』の冒頭が訳しにくいのは、この文章の最後が、我々の知っている〝普通の日本語〟じゃないからです。《あやしうこそものぐるほしけれ》と書く兼好法師の言わんとすることぐらいは、多くの本に書いてあります。でも、この部分は、本当に訳しにくいのです。なぜかと言えば、今の我々がこういう発想をしないからで、ここにある「係り結び」なんていうものを文章に使わないからです。

《あやしうこそものぐるほしけれ》の中には、学生たちを悩ませるあの「係り結び」が入っています。《あやしう＋こそ＋「ものぐるほし」の已然形《いぜんけい》「ものぐるほしけれ」》ですね。「～こそ＋已然形」の「係り結び」をどう訳すか?――実はこれって、あんまりちゃんと学校じゃ教えてくれないんです。

「係り結び＝詠嘆」とか「係り結び＝強意」とかって言われて、それを暗記するだけ。そこのところの意味は、だから当然「よくわからない」になります。そこの部分は「わからない」なんだけれども、「全体の文意」というものは先生が教えてくれるから、それを暗記すれば、この文章全体の意味は「わかる」。そうやって、「古典は暗記するもの」になっちゃうんですが、でも、「よくわからないもの」を暗記するというのはつらいんです。暗記して覚えていても、「〜こそ＋已然形」の訳し方がわからないままだから、他への応用がきかなくて、こういう文例が別に出てきたら、それもまた全部暗記しなくちゃなりません。人間というものは、「意味のないものをやたらに暗記する」なんてことができないんです。そういうことができるのは、特殊能力のある人だけで、普通の人間にはつらいんです。だから、古典というものがつまんなくなって投げ出しちゃう。ここは一つ、「係り結びの訳し方」でも覚えましょうかね。学校の先生の中には、「ここは係り結びだから訳さなくていい」なんてことを言う人もいますが、とんでもないことです。人間は、あんまり意味のない言葉なんて使わないもんなんですよ。

## 「係り結び」の訳し方

「係り結び」というのは、係り助詞「ぞ」「なむ」「や」「か」が出てきた時、その文の終わりを活用の「連体形」で結び、係り助詞「こそ」の場合は活用の「已然形」で結ぶというきまりです。いったいなんのためにこういうことをするのかというと、これは「強調」です。英語の「it～that～」の構文を考えればよろしい。すべては「強調」で、そこに「疑問」だとか「反語」だとか「詠嘆」という意味が入るんです。つまりは、「強調された疑問」「強調された反語」「強調された詠嘆」です。こう言うとまたよくわからなくなるかもしれないので、具体的な例をあげましょう。「あやしうこそものぐるほしけれ」だと意味がちょっと複雑なので、「春こそよけれ」というシンプルな文章を例にしましょう。

「春こそよけれ」が「it～that～」の構文だとすると、これは「It is よけれ that 春」なんですね。「春というのはよい」です。もうちょっと強調すると、「春っていうのが、ホント、いいんだよなァ」です。「強調」のニュアンスが一番強いのは、「こそ＋已然形」ですから、「〜こそ＋已然形」が出てきたら、みんな「〜っていうのが、ホント、〇〇なんだよなァ」と訳せばいいんです。先生はあやしんで点をくれないかもしれませんが、べつに「まちがった訳」じゃありません。これは、いたって「正確な訳」です。

というわけで、《あやしうこそものぐるほしけれ》は、「あやしいっていうのが、ホント、ものぐるおしいんだよなァ」になります。そして、そうなってはっきりするのが、この《あやしうこそものぐるほしけれ》の意味は「なんだかわからない」ということです。「〝なんだかわからない〟ということがはっきりして、それでなんか〝救い〟があるのか？」ということになったら、あります。それは、この日本の古典の中で一、二を争って有名な古典の書き出しが、実は「なんだかよくわからない」ということです。「よくわからない」ということがはっきりしたんですから、考えればいい。そうすれば、「この文章、なんだかよくわかんないけど、それはこっちの頭が悪いからかもしれない。しかたがないから、この意味を暗記しよう」という苦役から救われるんです。ちゃんと〝救い〟はあるじゃないですか。

退屈《つれづれ》な兼好法師は、「なに」を言っているのか？

《つれづれなるままに日くらし硯に向かひて、心にうつりゆくよしなし事をそこはかとなく書きつくれば、あやしうこそものぐるほしけれ》——この文章の訳は、「退屈でしょうがないから、一日中硯に向かって、心に浮かんでくるどうでもいいことをタラタラと書きつけていると、へんてこりんな感じが《あやしうこそ》ホントにアブナイんだよなァ《ものぐるほしけれ》」になります。

一体なんなんでしょう？

退屈な《つれづれなる》兼好法師は、しょうがないから《ままに》、一日中《ひくらし》硯に向かってるんですね。することないから机に向かってる——筆記具を持ってる、パソコンやワープロに向かってる、でも同じことですね。そして、心に浮かんでくるどうでもいい《よしなし》ことをタラタラ《そこはかとなく》と書きつける——そういうことばっかりしてるとどうなるか？　そのことの答が、「あやしうこそものぐるほしけれ」なんですね。冷静なつもりでいても、書くことに熱中していくうちに、なんだかへんな方にのめりこんでいってしまう。ふっと気がつくと、「自分は一体なにを考えて、なにを書いてるんだ？」という状態になっている。それに気がついて、「アブネェな……」と、うろたえている――あるいは、喜んでいる。どっちかはわかりませんが、ともかくこの書き手は、「アブナイ方向に行っちゃってる」のを理解してるんですね。だから私は、この序段の《あやしうこそものぐるほしけれ》を、『絵本徒然草』という本（河出書房新社刊）の中で、「わけわかんないうちにアブナクなってくんのなッ！」と訳しましたけどね。

一日中机に向かって勝手なことを書いてると、「アブナイ方向」に行っちゃうんです。「あんまり聞かない解釈」かもしれませんが、兼好法師が書いたことをそのまんま訳すと、どうしてもそうなります。そうでしょう？　じゃ、兼好法師は「アブナイおじさん」なんでしょうか？

## 2　兼好法師はホントに「おじさん」か？

兼好法師は、ホントに「おじさん」なのか？

『徒然草』は、「隠者の文学」とも言われています。「隠者」というのは、「世間との交渉を断って一人で勝手に生きている人」のことです。兼好法師は「世を捨てて出家したお坊さん」なんですから、「隠者」です。そして、『徒然草』はまた、「無常感の文学」とも言われています。ここから浮かびあがってくる兼好法師像は、「枯れたおじさんまたはおじいさん」です。そういう人が、「暇持て余してなんか書いてるとアブナイ方向に行っちゃう」でいいんでしょうか？　でも、兼好法師がホントに「おじさん」だったかどうかはわからないんですね。はっきりしていることは、「〝つれづれなるままに～あやしうこそものぐるほしけれ〟と書いた人が『徒然草』の作者だ」ということだけです。

この文章を書いた時に「兼好法師」なる人が「いい年」だったら、これは「アブナイおじさん」です。でも、もしこの文章を書いた時に「兼好法師」なる人が「若者」だったら、べつにどうってことありません。のめりこんでるうちにうっかり「アブナイ方向」に行っちゃってるなんて、若い時にはよくあることだからです。若いから、そういう自分の状態にうろたえもするし、「よーし、オレはこれで退屈な日常を越えたぞ！」で喜んじゃうことだってある。兼好法師は「中年のおじさん」で、『徒然草』は日本の典型的な「中年男の文学」というのは常識ですが、でも、「『徒然草』のはじめの方は、兼好法師がまだ若い時に書いた文章だ」という説もあるんです。

おぼしき事言はぬは——

『徒然草』第十九段には、これまた有名なフレーズ、《おぼしき事言はぬは腹ふくるるわざなれば、筆にまかせつつあぢきなきすさびにて、かつ破り捨つべきものなれば、人の見るべきにもあらず》というのがあります。

「思っていることを言わないのは腹がふくれる行為なんだから、筆にまかせてつまんない暇つぶしで、すぐに破り捨てちゃうもんなんだから、人が見るべきものでもない」ということですね――「現代語に訳す必要なんかない」と言いながら、しっかり現代語訳をやってますが。

ところで、この訳文、わかったようでわかんない文章です。訳文が「わかったようでわかんない文章」になっているというのは、「まだ訳したりない」ということです。もうちょっと考えてみましょう。

《人の見るべきにもあらず＝人が見るべきものでもない》の「べき（助動詞べしの連体形）」には、「命令」の意味があります。だからこれは、「人が見てくれなくてもいいよ！」という、もっとこなれた表現に変えられます。《人の見るべきにもあらず》を「人が見るべきものでもない」にしただけじゃ、「訳した」ということにはならないんですね。「訳す」と言うのは、「わかるまで訳す」です。訳して「なんだかわからない」と思ったら、それは「訳したりない」なんです。

最後の「人が見るべきものでもない」は、「人が見てくれなくてもいいよ！」。そして最初の「思っていることを言わないと腹がふくれる」は、「欲求不満になる」です。つまり、この文章全体の訳は、「思っていることを言わないのは欲求不満になる行為なんだから、筆にまかせてつまんない暇つぶしで、すぐに破り捨てちゃうもんなんだから、人が見てくれなくてもいいよ！」です。

かなり怒ってますね。この文章は、もちろん前から続いていて、そこには、「自分の言ってることはもう言い古されたことかもしれないけど」という意味のことが書いてあります。「自分の言ってることはもう言い古されたことかもしれないけど、でも、思っていることを言わないのは欲求不満になる行為なんだから、筆にまかせてつまんない暇つぶしで、すぐに破り捨てちゃうもんなんだから、人が見てくれなくてもいいよ！」です。

「自分の言ってることはもう言い古されたことかもしれないけど、でも、やっぱり言いたいことってある。いいだろ、書いたって、どうせこんなの暇つぶしで、書いたってすぐ捨てちゃうんだから。見てくれなくたっていいよ！」です。文章を書いて一人で怒ってます。《あやしうこそものぐるほしけれ》とはこんなことですが、これって、やっぱり「おじさんの文章」でしょうか？

『徒然草』は全部で二百四十三段ありますが、全部がこんな調子じゃありません。前半の一部にだけ、こんな調子があります。だから私は、「『徒然草』のはじめの方は、兼好法師がまだ若いころに書いたものだ」という説に賛成するんです。だって、この「見てくれなくてもいいよ！」と言う第十九段は、どうみても「若いやつの書いた文章」ですよ。そうでしょう？

「おぼしき事言はぬは――」の句読点クイズ

ところで、《おぼしき事言はぬは――》の訳文ですが、ちょっとへんです。べつに私の訳が悪いわけじゃなくて、原文がへんなんです。だから、原文のとおりに訳すと「へんな文章」になるんです。どこが「へん」かと言うと、《筆にまかせつつあぢきなきすさびにて、かつ破り捨つべきものなれば》の部分です。

「筆にまかせてつまんない暇つぶしで、すぐに破り捨てちゃうもんなんだから」――なんかへんでしょう？　ところがこの文章、点の位置を変えて、「筆にまかせて、つまんない暇つぶしですぐに破り捨てちゃうもんなんだから」にすれば、べつにへんじゃないんです。そうでしょう？

「点の一つでなにつまんないこと言ってるんだ」ってお思いかもしれませんが、原文どおりに訳すと、どうしても「、」の位置は「筆にまかせてつまんない暇つぶしで、すぐに破り捨てちゃうもんなんだから」になります。そこがへんなんです。

原文を見てください。もちろん、昔の文章に句読点はありません。「意味のつながり方に従ってつければ、句読点はここにつく」というんで、私がつけました。私じゃなくて、誰がつけても、こうなるでしょう――《おぼしき事言はぬは腹ふくるるわざなれば、筆にまかせつつあぢきなきすさびにて、かつ破り捨つべきものなれば》です。

問題は、「つつ」なんです。これは、「継続」とか「同時」をあらわす接続助詞です。つまり、《筆にまかせつつあぢきなきすさびにて》は、「筆にまかせると同時に、つまらない暇つぶしなので」ということです。もうちょっとくだいて訳すと、「筆にまかせて、つまんない暇つぶしなんだから」です。「べつにへんじゃないじゃないか」と思うでしょ。でもこの後に、「かつ破り捨つべきものなれば」がつくんです。この「かつ」は「and」ですね。「二つ以上の動作や状態が同時に継続していること」をあらわすための接続詞です。「かつ」は、「同時に」なんです。「つつ」も「同時に」で、「かつ」も「同時に」。「かつ」が「and」なら、「つつ」は「~ing」です。つまり、文章の切れ目をあらわす点を一つつけるんだったら、《筆にまかせつつ、あぢきなきすさびにてかつ破り捨つべきものなれば》ではなくて、《筆にまかせつつあぢきなきすさびにて、かつ破り捨つべきものなれば》だということです。

厳密なことを言えば、この部分の訳は、「筆にまかせてつまんない暇つぶしで、すぐに破り捨てちゃうもんなんだから」が正解で、「筆にまかせて、つまんない暇つぶしですぐに破り捨てちゃうもんなんだから」は間違いだということになります。

でも、「思っていることを言わないのは欲求不満になる行為なんだから、筆にまかせてつまんない暇つぶしで、すぐに破り捨てちゃうもんなんだから」と、「思っていることを言わないのは欲求不満になる行為なんだから、筆にまかせて、つまんない暇つぶしですぐに破り捨てちゃうもんなんだから」とでは、どっちが自然ですか？

後の方ですね。でも、これは「間違い」なんです。

「筆にまかせつつ」とは――

もう一度原文の全体を見ましょう。

《おぼしき事言はぬは腹ふくるるわざなれば、筆にまかせつつあぢきなきすさびにて、かつ破り捨つべきものなれば、人の見るべきにもあらず》

おんなじ「〜なれば」が、二度くりかえされてますね。ということはどういうことでしょう？　この文章を書いた「若い時の兼好法師」は、一度「思っていることを言わないのは欲求不満になる行為なんだから」と書いて、「筆にまかせてつまんない暇つぶしで」と続けて、そして、「うーん……、どう言ったらいいかな」と考えて、「すぐに破り捨てちゃうもんなんだから」と書いたんですね。そう書いた時の「若い兼好法師」は、《あやしうこそものぐるほしけれ》状態になっていたから、その前に自分が書いたこと忘れちゃったんですよ。だから、一つの文章の中に「なれば＝だから」が平気で二度もくりかえされていて、文章がごたつくんです。だから、この文章どおりに訳すと、訳文がへんになるんです。

なんでこうなるんでしょう？　「若い時の兼好法師」は、自分の書いた文章を読み直さなかったんでしょうか？　読み直したかもしれませんが、それでどうにもなりませんね。だって、昔の文章は、紙に墨で書くんですから、消せません。気に入らなかったら、上に紙を張ってその部分だけを書き直すか、あるいは「破り捨つ」をするしかありません。でも、この文章はここにこうして残ってるんですから、書き手はこの文章を直しもしなかったし、捨てもしなかった。読み直したかどうかは知らないけども、結局そのままだったということですね。

若い時の兼好法師は、こういう自分の文章のごたつきを気にしなかったんでしょうか？ 気にしなかったでしょうね。だって、自分で言ってます。「筆にまかせつつ」って。

筆にまかせて自由に書いてるんです。だから平気で、「うーん……、どう言ったらいいかな」と考えて、すぐに思いついたことをそのまんま書いちゃうんです。なにしろ兼好法師は、《つれづれなるままに日くらし硯に向かひて、心にうつりゆくよしなし事をそこはかとなく書きつくれば――心に浮かんでくるどうでもいいことをタラタラと書きつければ――あやしうこそものぐるほしけれ》の人なんですから。

「どうでもいいこと《よしなしごと》を筆にまかせて書いてる」と自分で言ってるんです。気になんかしないでしょうね。だから私は、こんなことを平気で書いて、こんな書き方を平気でする兼好法師を、「若いやつ」だと思うんです。

## 3 兼好法師、おまえは誰だ？

### 兼好法師の「本名」は？

兼好法師が出家したのは、三十歳をちょっと過ぎた頃だろうと言われています。出家する前の兼好法師の名前は、「卜部《うらべ》兼好《かねよし》」と言います。京都の、あんまり身分の高くない下っ端貴族の息子です。ちなみに、兼好法師のことを「吉田《よしだ》兼好《けんこう》」という言い方をすることがあります。それで、兼好法師の本名を「吉田兼好」と思っている人がいますが、これは間違いです。

「出家する」というのは、俗世間とは縁を断つということで、出家したら、自分の生まれた家との関係もなくなります――昔はこれが本当でした。だから、出家したお坊さんに苗字はありません。兼好法師の本名は、ただ「兼好《けんこう》」なんです。ただ「兼好」だと語呂が悪くて、なんだか呼び捨てにしてるみたいな気がするから、それで「兼好法師」と言っているだけですね。出家すると、それまでの名前を音読みにするのが習慣です。だから、「ウラベ・カネヨシ」くんは、出家して「ケンコウ」と呼ばれるようになったんですね。「ケンコウ」に苗字はつきません。兼好法師は、吉田神社というところと関係が深かったんです。それで、「吉田の兼好」という言われ方もして、それが「吉田兼好」という名前みたいなものになってしまったんですが、「吉田の兼好」は「川向こうの兼好」とおんなじような言い方なんですから、これを「本名」だなんて考えないでください。よぶんな話ですが、ちょっとつけくわえました。

青年ウラベ・カネヨシくんはどんな人だったか？

下っ端貴族の家に生まれたカネヨシくんは、十代の終わり頃に、御所に就職します。職種は「蔵人《くろうど》」です。「蔵人」というのは、直接天皇に仕えて身の回りの世話をする職種です。だから、清少納言は『枕草子』の中で、「蔵人というのが最高にカッコいい」ということを言っています。でも、清少納言の時代と、このウラベ・カネヨシくんの時代とでは、全然違います。もう平安時代は終わって、鎌倉時代だって終わりかけている頃の天皇は、そんなにパッとした存在じゃありません。だから当然、それに仕える「蔵人」だって同じです。もしもこの頃のカネヨシくんが『枕草子』を読んでいたら、「チェッ、いいな……」と言っていたでしょう。鎌倉時代のはじめ頃の三代目将軍・源実朝は、遠くの都に憧れましたが、その都で「蔵人」をやっていたウラベ・カネヨシくんは、「遠い昔の都」に憧れなければならなかったのです。

カネヨシくんはパッとしません。未来なんかきっと「そこそこ」です。そんなことを考えていたでしょう。そうしてしばらくしたら、お仕えしている後二条《ごにじょう》天皇が死んでしまいました。二十代半ばの彼は、「会社が倒産して職を失った」のとおんなじになりました。だったら再就職をしなければいけないんですが、どうやらそれはしませんでした。ブラブラしていたんです。だから、退屈で退屈でしかたがない「つれづれ」状態になって、「日くらし硯に向かひて、心にうつりゆくよしなし事をそこはかとなく書きつくる」毎日になったんです。

彼はきっと、「生活に困っていた」ではないでしょうね。なぜかと言うと、当時の紙はまだ高級品で、それを平気で「破り捨てる」って言ってますから。「リストラにあった。再就職しなくちゃいけないんだけど、どうもそういう気にはならない」――それでプラプラしていて、それをしていられる程度の生活水準はあったんですね。仕事もせず、「あやしうこそものぐるほしけれ」をやっていて、そのうちにどうやら、「なんかオレ、はじめっから人生に意味なんかなかったような気がしてきた」になったんでしょう。それで、三十歳を過ぎて何年かしたら、出家しちゃったんですね。若い頃の兼好法師＝ウラベ・カネヨシくんは、とっても「現代青年」なんです。だから、『徒然草』のはじめの方を「中年男の書いたもの」という目で見ると、「なんだかよくわからない」になっちゃうんです。

### 「あはれ」と「をかし」をどう訳すか

《おぼしき事言はぬは腹ふくるるわざなれば――》の第十九段は、おそらくそのプー太郎時代に書かれたものですが、この書き出しはこうです――。

《をりふしの移りかはるこそ、ものごとにあはれなれ》

「季節の移り変わりっていうのが、ホント、一々《ものごとに》ジーンとくるんだ」です。

「〜こそ＋已然形」の係り結びは、「っていうのが、ホント、○○なんだ」と訳しましょう。ここの解釈のポイントは「あはれ」です。「現代語に訳す必要はない」と言っておいて、ものごとに一々《いちいち》訳してますが、「読めばわかる」という文章じゃなかったら、「どこをどう訳しているのか」がわかりません。そういう意味で、『徒然草』は「古文の学習に最適なテキスト」なんですね。

さて、「あはれ」の意味です。古文の「あはれ」が、今の「哀れ」とは違う意味だということぐらいはご存じでしょう。しかし、じゃその「あはれ」はどういう感情かというと、これがよくわかりません。「感動をあらわす」なんてことを言います。でも、具体的にどういうことかはよくわかりません。だから当然、「あはれ」をどう訳していいかもわからなくて、「とても深い感動をあらわすものである」ということを丸暗記するしかなくなるのです。

「あはれ」とはどういう感情か？　「ジーンときた」になったら「あはれ」です。

どういう時に人は「ジーンとくる」のか？　人によってさまざまだから、なんとも言えません。つまり、それが「あはれ」なんです。「あはれ」の具体的な意味がわからないのも、人によって、どういう時に「あはれ」と思うかが違うからです。つまり、「あはれ」とは、「ジーンとくること」なんです。だから、古文で「あはれ」が出てきたら、

「ジーンとくる」と訳せばいいんです。古典関係の先生はそういう訳を好まないかもしれませんが、「ジーンとくる」は、決して間違った訳じゃありません。

ついでに、「あはれ」と並ぶもう一つの古典の重要な言葉、「をかし」の訳し方です。古文の「をかし」が「おかしい」じゃないことは、ご存じでしょう。じゃ、「をかし」はなにか？　これは、「すてき」です。

「すてき」だと思って笑っちゃうこともあります。その場合の「をかし」は、「おかしい」に近くなります。「すてきだ」と思ってジーンとくることがあります。これも「をかし」で、「ジーン」の度合いが強くなったら、「あはれにをかし」です。あんまりこういうかんたんな訳語は古文関係の参考書には出てきません。みんな、「清少納言における〝をかし〟とは」とか言って、「こんなことで、あんなことでもあって、しかもこういうことでもある」なんて説明するんで、なんだかわからなくなるんです。

清少納言は、はじめに「なにをもって〝をかし〟とするか」なんて決めてないんです。「えーとね、私が〝すてき〟って思うものはね――」というんで、えんえんと、「雨なんか降るのもすてきね」の類を書き続けてるんです。清少納言が「をかし」と言ったものを全部リスト・アップして、それから清少納言が「あはれ」と言ったものも全部リスト・アップして、「清少納言における〝をかし〟と〝あはれ〟の違い」を研究するのは、「清少納言という女は、どういう時に〝すてき〟と思って、どういう時にジーンときたか」を研究するだけで、「あはれの意味とはなにか、をかしの意味とはなにか」にはなりません。「あはれ」は「ジーンとくる」で、「をかし」は「すてき」、それでいいんです。例によって、学校の先生は喜ばないかもしれませんが。

「枕草子」を書きたがったウラベ・カネヨシくん

さて、またしても話がどっかに行ってしまいました。「『徒然草』の第十九段は、《をりふしの移りかはるこそ、ものごとにあはれなれ》で始まる」というところまでいったら、清少納言が出てきて話を横道にそらせてしまったのです。こういう状態を「筆にまかせつつ」と言います。ところがしかし、この『徒然草』第十九段は、ほとんどそのまま、「若い頃の兼好法師＝ウラベ・カネヨシくんの書いた『枕草子』」なんです。

この『徒然草』第十九段は、「季節の移り変わりっていうのが、ホント、一々ジーンとくるんだ」という書き出しで始まって、「春の景色」「春の花」「初夏の頃」と続けて、

「一年」を清少納言風の随筆に仕立てています。

《六月《みなづき》のころ、あやしき家に夕顔の白く見えて、蚊遣火《かやりび》ふすぶるもあはれなり。六月祓《みなづきばらへ》またをかし。》

このウラベ・カネヨシくんの文章の書き方は、ほとんどそのまま『枕草子』のものですよ。比べてごらんなさい。

《夏は夜。月のころはさらなり。闇もなほ。蛍のおほく飛びちがひたる、またただ一つ二つなどほのかにうち光り行くもをかし。雨など降るもをかし。》

ウラベ・カネヨシくん自身も、そのことをよーく承知しています。だから、こう言うんです——。

《言ひつづくれば、みな源氏物語枕草子などにことふりにたれど、同じ事また今さらに言はじとにもあらず。おぼしき事言はぬは腹ふくるるわざなれば、筆にまかせつつあぢきなきすさびにて、かつ破り捨つべきものなれば、人の見るべきにもあらず》

「こうやって言い続けると、みんな『源氏物語』や『枕草子』なんかで言い古されてるのに似てるけど、同じことだからって今ここで言わないわけじゃないぞ。なにしろ、思ってること言わないのは欲求不満になるんだから——」で、さっきの「見てくれなくてもいい!」に続くんです。

ウラベ・カネヨシくんが「見なきゃいいだろ!」とイライラする理由って、わかりましたか? ウラベ・カネヨシくんは、華やかなりし王朝時代に書かれた『枕草子』や『源氏物語』が好きなんですね。それにすごく影響されてて、自分もそういうものを書きたかったんですね。そして、書いたら、『枕草子』や『源氏物語』に似ちゃうんです。「あれー、こんなはずはないのに……」と思って、「チクショー!」とイライラするんです。

第十九段のどこに『源氏物語』が入ってるかというと、もちろん、《六月のころ、あやしき家に夕顔の白く見えて、蚊遣火ふすぶるもあはれなり》のところですね。この「六月」は旧暦で、今の暦だと夏の七月です。夏の夕暮れ、貧乏な家の片隅に白い夕顔がボーッと白く咲いている――『源氏物語』の「夕顔」の巻にある、光源氏が五条の宿でみすぼらしい家の垣根に白く咲く花を見て「あれはなんの花?」と尋ねて、それが光源氏と夕顔の女の出会いの始まりになるところのイメージを、ウラベ・カネヨシくんはそのまんまいただいちゃってるんですね。「オレにだって、自分なりのエッセイは書けるんだぜ」と思って書き始めて、気がついたら清少納言の『枕草子』みたいなもんになってるし、おまけにその中には『源氏物語』が入りこんでる。こうなりゃ頭をかかえるしかないでしょう。それで、「どうせオレの書いたのなんかすぐに破って捨てちゃうんだ、見なきゃいいだろ！」と開き直ったんですね。なんとも、人間的な文章ではありります。

## 4　古典は生きている

### 二つの『徒然草』

「和漢混淆文」で書かれた『徒然草』の中には、二種類の文章が入っています。一つは、第十一段の《神無月のころ、栗栖野といふ所を過ぎてある山里に尋ね入る事はべりしに、遥かなる苔の細道を踏みわけて心細く住みなしたる庵あり》的な、とってもわかりやすい文章。もう一つは、《つれづれなるままに日くらし硯に向かひて、心にうつりゆくよしなし事をそこはかとなく書きつくれば、あやしうこそものぐるほしけれ》や、《おぼしき事言はぬは腹ふくるるわざなれば、筆にまかせつつあぢきなきすさびにて、かつ破り捨つべきものなれば、人の見るべきにもあらず》的な、意味がちょっと取りにくい文章です。

この文章の違いがどこからきているかは、もうおわかりになるでしょう？　一つは

「漢字＋カタカナ」の漢文の書き下し文、もう一つは「ひらがなだけの女性の文章」です。ウラベ・カネヨシくんは、どうも最初は「ひらがなだけの文章」から入ったみたいですね。「ひらがなだけの文章はだらだら続いて意味が取りにくい」と、私が以前に言っていたことを思い出してください。「筆にまかせつつあぢきなきすさびにて、かつ破り捨つべきものなれば」的な、「思いついたらすぐ書きたして、文章がどんどん長くなる」は、清少納言の『枕草子』の文章とそっくりなんです。「『源氏物語』や『枕草子』を読んだ自分の感想を書きたい、それに触発されたなにかを書きたい」になれば、どうしたってそっち系統の文章を書くでしょう。それもむりのないことです。

はじめは、そういう「切れ目のはっきりしない文章」を書いていたウラベ・カネヨシくんは、でもそれと同時に、当時の若い「公務員」でした。だから、ウラベ・カネヨシくんは、当時の男の必須教養である漢文だってちゃんと読んでいますし、後に出家してお坊さんになっちゃうんだから、仏教関係の本だって読んでいるでしょう。《神無月のころ、栗栖野といふ所を過ぎて――》は、出家して「山の中の庵に住んでいる人への憧れ」から始まっています。こういうものを書くのは、「仏教に憧れるウラベ・カネヨシくん」ですね。だから、ここのところの文章は、『枕草子』的な文章じゃなくて、「現代の書き言葉」のようにわかりがいい文章です。仏教関係の本は、基本的に「漢字ばっかり」ですから、そういう方向のことを書くとなったら、やっぱり少し態度を改めるんですね。

「ひらがなだけの文章」はマンガ、「漢字だけの仏教関係書」は、難解な哲学。「マンガと難解な哲学書を一緒に読んでいる大学生」は、ちゃんとここにいるんです。

兼好法師の百年前、既に鴨長明の段階で「和漢混淆文」はありました。「個人的に文章を書くんだったら、漢文じゃなくてもいいか」という常識はもうできあがっていて、「漢文じゃない文章」は、「ひらがなだけの文章」と「漢字＋カタカナの文章」の間で揺れていたんです。だから、『徒然草』の文体には、はじめのうちその二つの種類が一緒にあって、それがだんだん「漢字＋ひらがな」の、現在の「日本語の書き言葉の先祖」としての文体に統一されていくんですね。

## 話し言葉と書き言葉

ところで、この本の一番最初の章で私の言ったことを覚えていらっしゃいますか？

「古典というものが日本語の骨格をなすような言葉で、それを無視してしまったら日本語はおかしくなる」と言いました。それから、「日本では話し言葉の勉強をしない」とも言いました。「おしゃべりとか話し言葉なんかとはまったく関係なくて無縁だと思われている昔の古典が、じつは、現代の言葉と大きな関係を持っている」ということも言いました。それが、ここへきてやっと意味を持ちます。

カンのいい方ならおわかりかもしれませんが、「漢字＋カタカナの文章」は、「書き言葉の先祖」なんです。そして、「ひらがなだけの文章」は、「話し言葉の先祖」なんです。その理由は、もうくりかえしません。この本をもう一度お読みになれば、わかることだと思います。

この本の第四章で、「ひらがなだけの文章は子供の書く文章に似ている」と言いました。でもこれは、「子供のおしゃべりに似ている」でもありますね。最近じゃ、大人のおしゃべりだって、子供みたいにダラダラして、「ひらがなだけの文章」になってきました。もちろん私は、「ひらがなだけの文章がいけない」と言っているわけじゃありません。紫式部は、「ひらがなだけの文章」を使って、とんでもなく高度な内容を書きました。問題は、「話し言葉がないがしろにされている」ということなんです。

私が『枕草子』を「女の子のおしゃべり言葉」で訳したわけ

「和漢混淆文」は、日本人が日本人のために生み出した、最も合理的でわかりやすい文章の形です。これは、「漢文」という外国語しか知らなかった日本人が、「どうすればちゃんとした日本語の文章ができるだろう」と考えて、長い間の試行錯誤をくりかえして作り上げた文体です。「自分たちは、公式文書を漢文で書く。でも自分たちは、ひらがなで書いた方がいいような日本語をしゃべる」という矛盾があったから、「漢文」はどんどんどんどん「漢字＋ひらがな」の「今の日本語」に近づいたんです。漢文という、「外国語」でしかない書き言葉を「日本語」に変えたのは、「話し言葉」なんです。つまり、日本人は、「おしゃべり」を取り込んで自分たちの文章を作ってきたということです。

その「書き言葉の文章」が、どこかで壁にぶつかったんです。だから、「活字離れ」という現象が起きたんです。だったら、その壁にぶつかった「書き言葉の文章」をもう一度再生する方法は、一つしかないんです。「硬直化した書き言葉の中に、生きている話し言葉をぶちこむ」です。日本人は、ずーっとそれをやってきたんですから、またそれをやればいいんです。でも、いつの間にか、「話し言葉はちゃんとした文章にはなれない」というような偏見が生まれていました。しかもそれは、「古典なんてもう古い」と言われるようになってしまった時期と、重なっていました。

それで私は、「ああそうか」と思って、忘れられかけた古典を、現代の女の子のおしゃべり言葉で訳したんです。「春って曙よ!」で始まる、私の『桃尻語訳枕草子』は、それで生まれました。「古典」と「話し言葉」は、ちゃんと重なるんです。

でも、それをやった当時は、「え?」とびっくりされました。でも、「ひらがなだけの文章」で書かれた清少納言の『枕草子』は、話し言葉の方がふさわしいんです。この章で、私が『徒然草』の文章を「ああだこうだ」と訳していたことを思い出してください。「古典の文章だからふざけて訳しちゃいけないんじゃないか」なんて手加減をして中途半端な訳し方をしていたら、「とってもわかりの悪い訳文」にしかならなかったでしょう?

## 古典の中には、昔から変わらない「人間の事実」が生きている

古典の中には、ちゃんと「話し言葉」が生きているんです。それを忘れると、「あやしうこそものぐるほしけれ」も「あはれ」も「をかし」も、現代の日本語にはなってくれないんです。「遠い昔の古典だからわかりにくくて当然だ」というのは、とんでもない間違いです。源実朝やウラベ・カネヨシくんの「現代青年ぶり」を思い出してもらえばいいんです。ああいう人間が大昔にいたんだから、ちゃんと古典は「わかる」んです。

古典を今の時代によみがえらせる方法は、たった一つです。「古典なんだから」と思って、遠慮なんかしちゃいけないんです。「ちゃんとわかろうとすればちゃんとわかる」と思って、真っ正面からぶつかることです。そうすれば、古典はいろんなことを教えてくれるんです。「もう人間じゃない」なんて思いかけていたジーサンやバーサンだって、昔は「なういヤング」や「ださいヤング」だったんです。それを忘れちゃいけません。

古典が教えてくれることで一番重要なことは、「え、昔っから人間てそうだったの？」という、「人間に関する事実」です。「なーんだ、悩んでるのは自分一人じゃなかったの

か」ということは、とっても人間を楽にしてくれます。古典は、そういう「とんでもない現代人」でいっぱいなんです。この本の中で紹介したのは、その中の「ほんの一端」なんです。どうか古典を読んでください。

# 第七章　どうすれば古典が「わかる」ようになるか

## 1　「読んでください」と言われたって、わかんないものはわかんない

祇園精舎がどこにあるか知っていますか？

《祇園精舎《ぎをんしやうじや》の鐘《かね》の声《こゑ》、諸行無常《しよぎやうむじやう》の響《ひびき》あり。娑羅《しやら》双樹《さうじゆ》の花《はな》の色《いろ》、盛者必衰《しやうじやひつすい》のことわりをあらはす》

有名な『平家物語』の書き出しです。『徒然草』と並ぶ「和漢混淆文」の代表です。つまり、私の言うことに従えば、これは「現代日本語の文章の先祖なんだからこのまんま読める」で、「現代語訳なんか必要ない」です。むずかしい漢字には全部ふりがながふってあります。文体も「漢字＋ひらがな」です。「意味を言いなさい」と言われても、ちゃんと答えられます。「祇園精舎の鐘の声には、諸行無常の響きがある。娑羅双樹の花の色は、盛者必衰のことわりをあらわしている」です。

すよね。

ところで、これでなにかがわかります？　わかるけど、実はなんにもわかんないんで

一体、「祇園精舎」というのはどこにあるんでしょう。知ってますか？　京都の舞妓さんのいる「祇園」じゃないですよ。「博多祇園山笠」の祇園でもないですし、「小倉祇園太鼓」の祇園でもありません。これは、大昔のインドのコーサラ国というところにありました。「祇園」というのは、ややっこしい言葉の略なんで、こっちも省略します。「精舎」というのは、「精進のための建物」――つまりは「お寺」です。このお寺の一角に末期患者のためのホスピス――つまりは「病院」があるんです。その病院にある鐘の音が、「諸行無常」と響くんだそうです。「諸行無常」――「すべては無常である」と言う意味ですね。「無常」の意味は、第四章のはじめの方を参照してください。

というわけで、このとっても有名な『平家物語』の書き出しは、「読めて、意味も言えるけど、わからないことだらけ」です。この書き出しの意味を全部理解するのには、とんでもない知識と教養がいります。そして、古典というものは、どれもこれも似たようなものなんです。だから、「古典を読んでください」と言われたって、「はい、わかりました」とはかんたんに言えないんです。うっかりだまされて「はい、わかりました」

と言ったら、とんでもない苦痛が待ちかまえているんです。古典というのは、「読めたって、そうかんたんにはわかりゃしないもの」なんです。

そこで、一番重要なことはなんでしょう？「どうすれば古典がわかるようになるか？」ですね。なにしろこの本のタイトルは、『これで古典がよくわかる』なんですから、「そうである以上、責任持ってわかるようにしてくれ」とおっしゃりたいでしょう。わかりました。

## 重要なのは「知識」ではない

この本は、この種の本にしては、とんでもなくへんな本です。普通、『これで古典がよくわかる』なんていうタイトルをつけたら、中身は「わかりやすく書かれたいくつかの古典の内容紹介」です。「なんとかという本はこういう中身ですよ。わかったでしょ？　あなたの人生にちょっとは役に立ったでしょ？」というのが、「よくわかる古典の本」なんですが、この本はそうじゃありません。「古典の中身」は、もしかしたら、ほとんど紹介していません。この本の特徴は、「いろいろな古典の書き出し」がやたら並んでいることです。並べただけで、そこに書かれている内容がどんなものかを説明していないものだってあります。『平家物語』の冒頭を引用したのはいいけれども、その説明は「祇園精舎」だけです。あとは、みんな平気でほったらかしです。一体この本の著者はなにを考えているのでしょう？　理由は一つです。「つまらない知識に振り回されていたってしょうがないから」です。

「娑羅双樹の花の色」がどんな色で、それはどこに咲く花で、その花の色がどうして「盛者必衰のことわり」をあらわして、「盛者必衰のことわり」がどんなものなのかを知りたいですか？　それを知って、人に「こういう意味だよ」って、自慢したいですか？

「人があまり知らない知識をひけらかしたい」という欲望は誰にでもありますから、私はそれを否定しません。この本にだって、ずいぶんつまらない「ひけらかし」はありますから。でも、私が言いたいのは、そういうことじゃありません。私が言いたいのは、

「〝娑羅双樹の花の色〟や〝盛者必衰のことわり〟がどんなものかを知ったって、あまり『平家物語』を読む役には立たない」ということです。

「娑羅双樹の花の色」や「盛者必衰のことわり」や、それから「祇園精舎」に関する知識は、「仏教に関する知識」なんです。ですから、それを知って「仏教のこと」に詳し

くなっても、『平家物語』を読むうえではあまり役に立たないのです。かえって逆に、『『平家物語』を読むためにはむずかしいことをいっぱい知っていなくちゃならないのだなァ……』と、読む方の気持ちを萎縮させちゃうんです。

大きな本屋さんに行けば、「古典文学全集」の類を置いているところがあります。文庫の棚にも「古典のテキスト」が、あるところにはあります。そして、そういう本をめくると、普通の人はすぐに閉じたくなります。なぜかと言うと、「注釈」の類がいっぱいあるからです。「古典文学全集」だと、上の方に「注」がズラッと並んでいて、上の「注」と下の「本文」をかわりばんこに見ながら読み進んでいかなければなりません。「大学のゼミ」とかいうところならともかく、普通の人はそんなことやりません。そんなことやってたら、書いてある本文がちっとも頭に入らないからです。だから、「古典を読もうかな……」と思っても、すぐに挫折をしてしまうのです。はっきり言いますが、あの「注」の類を読んで理解するためには、「ある程度の基礎知識」というものがいるんです。いきなり読んだってわかりゃしません。私は、自分の体験で言ってるんですから、本当です。

「娑羅双樹の花の色」や「盛者必衰のことわり」の意味を知るということは、そういう本筋から離れた知識に振り回されて、肝心の本文に目がいかなくなるということなんです。「古典を読みこなすには知識がいる」というのは、本当です。でもその前に必要なのは、「古典に慣れる」なんです。細かい知識に振り回されて「慣れる」ができなかったら、古典は永遠に無縁なままです。だから、まず最初に、「古典を読みこなすには知識がいる」という考えを捨ててください。じゃなかったら、古典の中には入れません。それだもんだから、私はあんまり「よぶんな説明」をしなくて、原文だけをポンと投げ出しておいたのです。

## 2　古典は、体で覚えるもの

### 冒頭を暗唱しなさい

この本で、「内容紹介」を無視して、原文の書き出しだけをできるかぎりあげるようにしたのは、「この古典はこういう文体で書かれているのか」ということを知ってもらいたいためと、もう一つ、「この古典はこういうふうに始まっているのか」を知ってもらいたいためです。

今ではあんまりはやらなくなりましたが、昔は「古典の勉強」というと、まず「暗唱」でした。冒頭の部分を覚えて暗唱するんですね。古典という「昔のもの」とつきあうのなら、「昔のつきあい方」は有効です。だから私は、「暗唱」をおすすめします。そ れをしてほしいがために、「冒頭」を並べたんです。ただ、この本に並べたのは「冒頭のさらに冒頭」ですから、その先を知りたかったら、本屋さんか図書館で「現物」に当たるしかありません。どうぞ、それをやってください。もうあなたは、「冒頭の冒頭」を知っているのです。全然知らないものに当たったら身がまえますが、でもあなたは「全然知らない」というわけじゃないんです。「ちょっと知っていることの先はどうなっているのかな？」と、ほんのちょっとのぞくつもりで見てください。「知識」なんかどうでもいいんです。そうやって、「慣れる」ということをするのです。

泳ぎをマスターするのにまず必要なのは、「水に入ること」です。古典の冒頭とは、その「水」なんです。

古典は「昔の日本語」である

「古典をわかるようになる」のに一番必要なのは、「慣れる」ということです。「慣れる」のに一番手っ取り早い方法は、「暗記する」です。だから、「古典の冒頭を暗記して暗唱する」は、古典学習の場合とても重要です。

古典は、「昔の言葉」で書かれたものです。「今の言葉」じゃありません。その点で、「古典をマスターする」は、「外国語をマスターする」と同じです。「外国語をマスターする」で重要なのは、「その言葉に慣れる」です。だから、今では「英語の外国人教師」というものが、当たり前にいます。「直接外国の人が話すのを聞く」は、「慣れる」に関してとっても重要なことだからです。でも、その「外国語のようなもの」である「古典の言葉」は、もう話す人がいません。「本の中にしかない言葉」です。だから、どうなるのか？――自分で古典の言葉を暗記して暗唱して、それが「今でも使われている言葉の先祖だ」ということに、時々自分で気がつくのです。そのためにも、「暗記・暗唱」は有効な手段なんです。

藤壺《ふじつぼ》の女御《にようご》はとんでもない「田舎言葉」をしゃべる

『源氏物語』の中で、光源氏の最愛の人・藤壺の女御は、とんでもない「田舎言葉」をしゃべります。

《宮の中《なか》の君も同じほどにおはすれば、うたて雛《ひひな》遊びの心地すべきを、おとなしき御後見《うしろみ》はいと嬉しかべいこと》

これは、『源氏物語』の「澪標《みおつくし》」の巻に出てくる藤壺の女御のセリフです。例によって意味は省略ですが、注目していただきたいのは、この藤壺の女御（この時はもう「中宮《ちゆうぐう》」になってますが）のセリフの一番最後にあります。《嬉しかべいこと》――ここです。

これは、《嬉しかるべきこと》の音便《おんびん》です。「音便」というのは、「そのままだと発音しにくいから、いつの間にか発音が崩れること」です。「おおきなお世話」が「おっきなお世話」になるのが音便ですね。「訛り」の一種です。当時の日本で一番身分の高い女性だった藤壺の中宮は、《嬉しかるべきこと》をそのまんま発音しなくて、《嬉しかべいこと》と発音していたということです。「身分が高いから、人に遠慮して堅苦しい話し方をしなくてすんでいた」という特権的なところで生まれた、「洗練」の一種だと思っていいでしょう。

ところで、古典の言葉は、「言文一致《げんぶんいっち》」じゃありません。「てふてふ」と書いて「蝶々」と読む、「行きませう」と書いて「行きましょう」と読むのが、古文の書き方です。だから、この藤壺の中宮の発音も、本来の彼女の発音どおりじゃないんです。一番身分の高い藤壺の中宮は、いたってリラックスなさって、《嬉しかべいこと》を「うれしかんべーこと」と発音したんです。「行くべーか？」「そうすんべーよ」の、田舎のおばあさんとおんなじです。

## 方言は「古典の言葉」の名残り

「行くべーか?」「そうすんべーよ」は、「行くべきか」「さすべし」の崩れたもので、「音便」なんですね。「よかんべー」は、「よかるべし」の音便です。こういう方言は、古い時代の言葉がそのまんまその土地で残った、「進化の袋小路」なんです。藤壺の女御が、天敵なしの隔絶された地域で生き残ると、お腹に袋がついて、「そうすんべーよのおばさん」というカンガルーになるんです。オーストラリアの人が「グッデイ《こんにちは》（Good day）」を「グッダイ」と発音するのも、似たようなもんですね。

以前に『桃尻語訳枕草子』で、「いぎたなし」という言葉を、「眠ってばっかりあいやだ」というとんでもない言葉に置き換えたことがあります。「いぎたなし」は「寝《い》ぎたなし」で、「眠りがきたない」という意味です。ふつうだったら、「寝ぼすけ」とかそんなふうに訳すんでしょうが、「寝ぼうをする」と「眠りがきたない」とはちょっと違います。「口がきたない・口がいやしい」ということになると、「なんでもすぐに食べたがる、食べたらいつまでも食べ続けている」という意味ですが、「眠りがきたない」の「いぎたなし」もそれと似たようなものです。「いつまでも眠っている・いつまでも眠っていようとする」というのが「いぎたなし」で、そんな言葉に出合って、私は「うまいこと言うな」と思いました。思いましたが、それに見合うような現代語が思い当たりません。『桃尻語訳枕草子』では、清少納言の使う言葉の生々しい感覚を生かすために、「原文に書かれているニュアンスは極力そのまま生かす」が基本方針でした。「それにふさわしい言葉が英語にあるなら英語を使ってしまうし、なかったら作る」というぐらいのことをしました。「いぎたなし」もそれです。なにしろ現代語の「眠りに関する言葉」は、「寝相が悪い」と「寝ぼうをする」ぐらいで、「眠りをむさぼろうとしてばかりいる」という言葉がありません。それで、「眠ってばっかりああいやだ」という言葉を勝手に作ってしまったのです。

そして、そんな話を作家の瀬戸内寂聴さんにしたところ、「〝いぎたない〟は使いませんか?」と、びっくりされてしまいました。瀬戸内さんの出身の徳島県では、今でも「いぎたない」という言葉を使うんだそうです。こう書くと、「ウチんとこでも使ってる」という声はいくらでも出てくるかもしれません。私は東京生まれの東京育ちで、完全に標準語圏の人間ですから、「いぎたなし・いぎたない」という言葉を使ったことがなかったんです。

標準語というのはとっても歴史の浅い言葉ですから、知らない間に「古くからの言葉」を、「もう使わない」と切り捨ててしまっているところがいくらでもあるのです。そうして、古典の言葉は「現代とは関係ない昔の言葉」になってしまうのですが、方言には、いくらでも「昔のままの言葉」として残っていたりするんですね。

古典を暗唱して口の中に残しておくということは、そういう「標準語の中から消えてしまった言葉」と再会した時、「これはかつて生きて使われていた言葉だ」ということがピンとくるメリットがあります。「古典をわかる」ということは、本の活字の中に眠っているだけの言葉が、実は「生きて使われている言葉でもあった」ということを知ることなんです。古典をわかりたかったら、それを暗記して「自分の口に移す」ということは、とっても有効です。「言葉に慣れる」というのは、そういうことなんですから。

## 3　古典は腹に力がいる

「たまふ」をなんと読みますか?

「古典を暗唱する」になると、昔の人は直立不動になって大声で言いました。べつにそんなことをする必要はありません。口の中で声に出さずに言ってみるだけでいいんです。ただ、時には「声に出す」ということも必要かもしれません。というのは、古典の言葉は、「お腹に力を入れないと話すことができない言葉」でもあるからです。

「古典の言葉は言文一致ではない」とは、既に言いました。古典の言葉は発音どおりに書いてあるわけじゃありません。「言ふ」「思ふ」と書いて、「言う」「思う」と発音します。そこまでは、わかっている人も多いんです。でも、「言う」「思う」のような、今でも当たり前に使っている言葉じゃない言葉に出合うと、これがわからなくなります。一番いい例が、「たまふ」です。「したまふ」「させたまふ」の敬語に使われる言葉です。

言葉の表記——つまり「歴史かなづかい」では、「言ふ→言う」「思ふ→思う」だと思っているので、「たまふ」も「たまう」と発音してしまうんです。ところが、「たまふ」も「たまう」も、発音は「たもお」なんです。「たもお」と発音する言葉を「たまふ」と書くのが「歴史かなづかい」で、「たまう」と書くのが「現代かなづかい」なんです。「たまふ」は「たもお」と読まなければなりません。

そして、そうなると、やっぱりこれは声に出さないと言いにくいんです。「たもお」は、お腹に力を入れないと出てきにくい発音だからです。やってごらんなさい。

イザナギのミコトとイザナミのミコトは、「大声で怒鳴りあう」

古典に最初に出合った子供がおもしろがって使う言葉に「のたまふ」があります。なんだか「のたうちまわる」に似た感じの言葉が、実は「おっしゃる」という意味の言葉なんだと知ると、そのギャップがおかしくて、つい使ってみたくなるんです。それで、仲間内で「のたまう」なんて言います。でも、これも間違いです。「のたまふ」は、「のたもお」と発音しなくちゃいけません。

「のり」は、「祝詞《のりと》」の「のり」で、これは「神様やそれに近い人が神聖なことを言う」、あるいは「神様やそれに近い人が、より神聖なものに対して誓う」です。だから、「祝詞」は「宣詞《のりと》」なんです。この「のたまふ」の原型である「のりたまふ」は、『古事記』にいっぱい出てきます。なにしろ、『古事記』の登場人物は神様や、その血筋を引くとされる天皇だからです。

イザナギのミコトやイザナミのミコトが、さかんに「のりたまふ」を使いますが、私は、これをみんな「大声で叫ぶ」と訳してしまいました。イザナギのミコトとイザナミのミコトは、日本を作るために空から派遣されてきた夫婦の神様です。神様だから、「のりたまふ」を当たり前に使います。そして、この夫婦の神様は、死に別れて、夫婦喧嘩をします。神様の夫婦喧嘩は、「あなたがそうするなら、私はこうするわ！」「お前がそんなこと言うなら、こっちだってああしてやる！」の「神聖なもの同士の誓い合い」です。二人は盛大に「のりたまふ」をやります。これを一々「神聖なことを口になさった」とか、「神聖なお誓いをなさった」とか「おっしゃった」なんて訳していたらへんです。だから、私は、この「のりたまふ」を「大声で叫ぶ・大声で怒鳴る」と訳してしまったのです。

そして、考えてみれば、これが一番の正解なのです。神様が人間に対してなにかを言う時に、「小声でささやく」なんてことをするでしょうか？　神様に対して、「おお、神よ！」と言う時に、人間は小さな声でささやくでしょうか？「宣りたまふ」の「宣」は、「宣言」や「宣誓」の「宣」です。夏の甲子園球児が、「宣誓……」と力なく言うでしょうか？「センセエッ！」です。宣誓というものは、意味もなく大声で叫ぶものなんです。「のたまふ」「のりたまふ」も、それとおんなじなんです。この言葉は、「えらい人は大声で言う」が前提になければ成り立ちません。

「のたまふ」は、「言う」の最上級の敬語です。はいつくばっている民衆の前に「えらい人」が出てきて、なにかを言ったら「のたまふ」です。マイクのない時代に、民衆全部に声を届かせるとしたら、「大声で言う」は当然でしょう。たとえは悪いですが、「のたまふ」「のりたまふ」の典型は、民衆の前で演説するヒットラーです。マイクがあっても、あの人は大声で怒鳴ってました。あれが、そもそもは「のりたまふ」なんだと、私は思います。

現代人は、あまりにも口先だけでしゃべりすぎます。べつに、それを「現代かなづかい」のせいにするわけではありませんが、お腹から声を出さなきゃいけない「もお」の発音のある古典の言葉を使って、ときどきは、「モゾモゾ言うだけのお口のお掃除」もする必要はあるんじゃないでしょうか。

## 4　ともかくなんであれ「体」を使う

### 競争原理を導入した百人一首

「古典をわかる」を可能にする第一歩は、「古典に慣れる」です。そのためには、「競争原理を導入する」という手もあります。競争原理を導入した古典の学習法の一つに、「百人一首のカルタ取り」があります。「人より多くカルタを取る」――競争原理です。人より多くカルタを取るためにはどうするか？　百首の和歌を覚えてしまえばいいんです。「覚えるのなんかめんどくさい」と思ったら、人と一緒にカルタをやればいいんです。負けたらくやしくなって、「チクショー、覚えてやる！」という気になります。単純なことは、競争原理を導入することによって効率がアップされるのです。

百人一首の和歌を覚えてどうするのか？

和歌は、日本の古典の基本です。百人一首の和歌は、みんな古文で書かれています。

わけがわかんないまんま覚えても、そのうち口の中で、「あ、この歌はこんな意味でもあったのか……」と、ひょんなところで「意味の理解」が訪れちゃったりもします。「慣れる」というのは、「やがて訪れる理解のための下準備」なんですから、「なんにもわからないけど覚える」は、有効なんです。そして、「意味もないのに覚えてもなー」という人のために、「競争原理の導入」はあるんです。百人一首買って、友達とやってごらんなさいよ。けっこう燃えますから。そうして、「燃えてあなたは知識人」というわけですね。

古典が「わかる」になるために必要な体の部分は、百人一首の場合は、耳と手です。人の手をひっぱたきながら、あなたは古典に強くなれます。「ひそかに思う相手の手を握って古典に慣れる」ということもあります。昔は、カルタ会が「男女の出会いの場」でもありました。「カルタを取る」を口実にして、相手の手を握れたからです。そういうコソクなことをやって、昔の人は古典の勉強をしたんです。もう少し融通をきかせた方がいいですね。

## 古典は「目で見る」

古典で必要なのは「体」です。そして、一番かんたんで重要なのは、「目を使って見る」です。

「古典はわからない」「古典はむずかしい」と言う人の多くに共通する、「あること」があります。それは、「〝きれい〟ということがわからない」です。

古典では、「文章が美しい」にはじまって、「きれい」ということが実に多くの比重を占めています。和歌なんかは、ほとんどの場合、「美しい景色を詠む」「言葉によって美しい情景を浮かびあがらせる」です。「和歌はむずかしい」と言う人は、「自分にはむずかしい和歌の意味がわからないのだ」と思っていることが多いのですが、実はそうじゃありません。「きれい」ということに鈍感なんです。だから、「古典が苦手」なんです。

まず、「きれい」を知ってください。それが古典には重要なんです。そのために、「目で見る」が必要になるんです。

まず、「空」を見ましょう。夜になったら、「月」を見ましょう。そして、「きれいだな……」と思いましょう。そして、なんとなくせつなくなりましょう。昔の人もおんなじことをしていたんです。

月見れば千々にものこそ――

《照りもせずくもりもはてぬ春の夜の朧月夜《おぼろづくよ》にしくものぞなき》と、「朧月夜が一番いい」という和歌を作った平安時代の歌人・大江千里《おおえのちさと》は、こういう和歌も詠んでいます。

《月みれば千々《ちぢ》にものこそ悲しけれ
　我が身ひとつの秋にはあらねど》

百人一首にも入っている有名な和歌です。「月を見ていると、いろんなことで悲しくなってくる。私一人が秋というものを独占しているわけじゃないのに」という歌ですが、ここで重要なのは、「悲しいから月を見る」じゃない、ということです。「べつに悲しいというわけでもなかったのに、月を見ていたらいろんなことが悲しくなってきた」というのが、この歌です。「だから絶望的《ペシミスティック》になれ」と言っているわけじゃありません。この歌の下の句の《我が身ひとつの秋にはあらねど》を見ればわかりますが、ここでの「悲しい」は、「悲しい」じゃありません。「しみじみとしたものを感じる感情の豊かさ」を「悲しい」という言葉に代表させているだけです。「秋は、いろんな人が感情豊かになって、月を見るだけでいろんなことを感じてしまう。そんな秋の中で、私一人が秋を独占できているわけでもないのだけれど、私は独占的にいろんなことに悲しくなってしまう」──この歌が言うことはそんなことなんですから、大江千里の感じる「悲しい」は、「感情が高ぶってきてせつなくなる」に近いものですね。だから「自分一人が独占しているわけでもないのに」です。

この歌は、「自分が世界中の悲しみを背負っている」という歌じゃありません。それを言うなら、「私一人が感情の豊かさを独占してしまってすみません」です。

あるいはまた、《我が身ひとつの秋にはあらねど》には、全然別の解釈だって可能です。《我が身ひとつ》を「私ひとりぼっち」と解釈するんです。するとどうなるでしょう？

「月を見ると、なんだかすごく悲しくなる。この秋、自分がひとりぼっちでいるというわけでもないのに」です。もしかしたら、こっちの方がわかりやすいかもしれません。

「べつに自分は孤独じゃない。恋人だっている。でも、一人で月を見ていると、いろんなことで不思議にせつなくなってくる」――こんなことってありませんか？
「悲しいから月を見る」じゃないんです。「〝月を見る〟ということをしているうちに、忙しさにまぎれて忘れられていた、自分の中に眠っている〝感情の豊かさ〟を思い出すこともある」なんです。「きれいを知る」というのは、そういうことなんです。どうぞ、月を見てください。

古典の基礎知識は、「体」を使って得る

第五章で、私は言いました。「古典をわかるうえで必要なのは、〝教養をつけるために本を読む〟ではない。行き当たりばったりで〝へー〟と言って感心していることだ」と。「ふと月を見る」も、その「へー」のうちです。「道を歩いてたら梅の花が咲いていたので、〝あ、梅だ〟と言って眺めてる」というのも、「へー」です。そうやって、人間はいろんなことを吸収するんです。この章のはじめで、「古典文学全集の〝注〟を読んで理解するためには、ある程度の基礎知識がいる」と言いましたが、その「ある程度の基礎知識」とは、いろんなものに出合って「へー」といって感心して「見る」ということによってしか得られないものでもあるのです。「体」を使いましょう。

# 5　おまけ

## おまけの1　専門家だって間違える

私は『窯変源氏物語』を書いている間、谷崎潤一郎の『新々訳源氏物語』――通称「谷崎源氏」をずっとそばに置いていました。私の『窯変源氏物語』は、べつに「源氏物語の現代語訳」じゃありません。「今から千年前に書かれた小説を、もう一度新しい小説として再小説化しよう」という、そんなものです。だから、原文には書かれていないことが平気で出てきますし、原文にある和歌だって、「ちょっとわかりにくいな」と思ったら、平気でわかりやすいように変えてしまいました。ある種の人たちに言わせれば、きっと「神をも恐れぬこと」でしょう。そんな私が「谷崎源氏」をそばに置いていたのは、「谷崎源氏」が、最も原文に忠実な現代語訳だからです。

「原文の微妙にしてわかりにくいニュアンスを、一体谷崎潤一郎はどう現代語に訳しているんだろうか」と思って、参考書がわりにそばに置きました。「谷崎源氏」は、それだけ読んでもなんのことだかさっぱりわからない不思議な本ですが、原文とつきあわせると、助詞や助動詞の細かいニュアンスが精密に浮かびあがってくる、とてもすばらしい訳です。そうやって、「先人の業績」を参考にしていけばいいんです。ところがこの「谷崎源氏」の中に、一カ所とんでもない間違いがありました。

「谷崎源氏」は、私の『窯変源氏物語』とは違って、原作の和歌を少しもいじっていません。和歌はそのまんまです。本文にそのまんま残して、欄外に「注」の形で、その和歌の説明が入っています。つまり、「『源氏物語』の和歌をそのまんまわかろうったってむりだよ」ということなんですが、実は、この和歌の注釈の部分は、当時の国文学のえらい先生が書いていたんだそうです。〝間違い〟は、そこにあったんです。

「賢木《さかき》」の巻です。光源氏と密通した藤壺《ふじつぼ》の女御《にょうご》は、不義の子を生んでしまいます。光源氏の父である帝は、自分の愛する藤壺の女御と光源氏が密通しているなんてことは、全然知りません。だから、源氏も藤壺も、「帝に知られたらどうしよう」と、恐れおののいているんです。でも、夏のある朝、源氏は庭先に撫子《なでしこ》の花が露に濡れて咲いているのを見つけます。「撫子＝子供」です。「露＝涙」です。それを見て源氏は、「生まれた」

ということだけを聞いて、まだ顔さえ見ていない「わが子」のことを思い出します。もちろん、愛する藤壺の女御にも会いたいんです。それで、源氏は和歌を書いて、こっそり藤壺のところへ送ります。

《よそへつつ見るに心はなぐさまで
　露けさまさるなでしこの花》

「わが子かと思って撫子の花を見ても、ちっとも心は安らぎません。かえって涙が出るばかりです」という歌です。

源氏は、藤壺からの返事を待っています。でも藤壺は、とてもじゃないけど、そんな手紙に返事を書くわけにいきません。「罪の意識」におののく藤壺は、「源氏と関係があった」という事実さえも忘れてしまいたいのです。でも、そんな藤壺の中にだって、源氏に対する〝思い〟が、まったくないわけじゃありません。それで、源氏から送られてきた和歌を見て感じた「いわくいいがたい気持ち」を、チョコチョコっと、そばにある紙に落書きのように書いてしまうんです。そしてそれを、こっそりと源氏のところに送るんです。表立って手紙のやりとりなんかできないから、「書き損じの紙を、おそばの女房がこっそりと気をきかせて送った」という形にするんですね。

そうして送られてきた「藤壺のひとりごと」のような和歌を見て、源氏は愕然とするんです。

《袖濡るる露のゆかりと思ふにも
　なほ疎《うと》まれぬやまとなでしこ》

「この子が私の涙の原因だと思うと、やっぱり私はこの子を好きにはなれない」という歌です。《なほ疎まれぬ》は、「やっぱり疎まれてしまう＝やっぱり好きにはなれない」です。《疎まれぬ》の「ぬ」は、否定の意味ではありません。これは、「完了の助動詞」です。だから、「嫌えない」ではなくて、「嫌いになってしまう」なんです。

ところが、「谷崎源氏」のこの歌の注釈は、それを逆の意味に解釈していました。「この大和撫子は、わたしの袖が濡れる涙の種とは思うけれども、やはり憎む気にはなれない」――完了の「ぬ」を、否定の「ぬ」と間違えたんですね。えらい専門家の先生でも、そんなことをしているんです。きっとこの先生は、「男」でしょう。

女の紫式部は、とんでもなく恐ろしい女性心理を書いているんですね。

男の源氏は、藤壺に会いたいと思うし、「いけない」と思っていても、やっぱり「わが子」に会いたいと思う。そして、「どんな女だって、〝母〟になってしまったら、生んだわが子は可愛いはずだ」と思っているんです。ところが「女」の藤壺は違います。「母になって自分が生んだ子供なんだから、〝好きにならなくてはいけない〟とは思うのだけれども、やっぱり好きにはなれない」なんです。だから源氏は愕然とします。「わが子を好きになれない母親がいるのか……？　あの子供ぐるみ、彼女は私を嫌おうとするのか……」と思って。

「ぬ」の一文字で、これだけ意味が違うんです。えらい国文学の専門家の先生も、「男」だから、つい和歌を送る前の光源氏とおんなじになって、「女だから、母になったらどんな子でも可愛いと思うはずだ」と錯覚して、この一字を間違えてしまったんでしょう。えらい専門家だって間違えるんです。古典はむずかしくって当然なんです。べつにそんなに「わからない」ということを気にする必要なんかありません――という「おまけ」でした。

おまけの2　最後に受験生諸君へ

実は私は、この本で「受験生用のわかりやすい文学史」を書きたかったんです。ともかく、そういうものでおもしろいものなんか一つもない——と言ってもいい状態なんじゃないかと思います。「受験生用の文学史のテキスト」は、「ともかくこれを暗記せよ」だけなんです。いくら薄くたって、私は「暗記するだけの本」なんていやです。「古典の書き出しを暗唱しろ」と言う人間が「暗記なんかやだ」というのは、矛盾してるみたいですが、私は、つまんないものを暗記させられるのなんか、死ぬほどいやです。「あんなつまんない文学史のテキストしかなかったら、大学に行って古典の勉強をする人間が、みんな古典嫌いになっちゃうな」と思います。それで、こういう本を書きました。枚数の都合で「室町〜江戸時代の古典」がカットされちゃいましたが、「和漢混淆文とはなんで、それはどのようにして生まれたか」ということを軸にして、主な古典の流れだけは説明できたと思っています。「古典というのはどういうものなのか」がわからなかったら、「暗記」だってできやしません。この本を読んで、あとは他のテキストを、暗記したい人は勝手に暗記してください。少しは覚えやすくなると思います。

本書は一九九七年十一月、ごま書房より刊行された。

ちくま文庫

これで古典がよくわかる

二〇〇一年十二月十日　第一刷発行
二〇〇三年十一月十日　第七刷発行

著　者　橋本　治（はしもと・おさむ）
発行者　菊池明郎
発行所　株式会社　筑摩書房
東京都台東区蔵前二―五―三　〒一一一―八七五五
振替〇〇一六〇―八―四一二三
装幀者　安野光雅
印刷所　株式会社精興社
製本所　株式会社鈴木製本所

ちくま文庫の定価はカバーに表示してあります。
乱丁・落丁本及びお問い合わせは左記へお願いいたします。
筑摩書房サービスセンター
埼玉県さいたま市北区櫛引町二―六〇四　〒三三一―八五〇七
電話番号　〇四八―六五一―〇〇五三

ISBN4-480-03690-3 C0195